우리들의

자취
공화국

우리들의 자취 공화국

초판 1쇄 발행 2012년 3월 29일
초판 6쇄 발행 2014년 2월 19일

지은이 구경미
펴낸이 주일우
펴낸곳 ㈜문학과지성사
등록번호 제1993-000098호
주소 121-840 서울 마포구 서교동 395-2
전화 02) 338-7224
팩스 02) 323-4180 (편집) 02) 338-7221 (영업)
전자우편 moonji@moonji.com
홈페이지 www.moonji.com

ⓒ 구경미, 2012. Printed in Seoul, Korea.

ISBN 978-89-320-2294-9

우리들의
자취
공화국

구경미 장편소설

문학과지성사
2012

차례

가출 그리고 자취

1

물끄러미 바라보다, 그대로 교문을 지나쳤다. 등교하는 아이들을 헤치며 걸었다. 아침부터 날이 흐리다 싶더니 결국 빗방울이 떨어지기 시작했다. 우산은 챙겨 오지 못했다. 그럴 여유가 없었다. 전날 미리 꾸려놓았건만 집을 나서기 직전까지 배낭 속의 물건들을 넣었다 뺐다 하며 고민했다. 손때 묻은 내 물건들을 놓고 우선순위를 매기는 일은 쉽지 않았다. 언니, 학교 안 가? 동생이 물었을 때에야 과감히 배낭끈을 조여 맸다.

몇 개의 상점을 지나고 다리를 건너 마침내 마을로 들어섰다. 여기서부터는 교회 십자가만 바라보며 나아가야 했다. 입학한 지 6개월, 벌써 2학기였지만 한 번도 이곳 자취촌에 와본 적이 없었다. 가장 친한 친구인 명진의 자취방이 있는데도. 초대를 받지 못했다고 변명하지는 않겠다. 평소엔 그 존재조차 까맣게 잊고 있다가 어젯

밤 제일 먼저 떠오른 게 명진의 자취방이었다. 그리고 지금 나는 주인의 허락도 받지 않은 채 명진의 자취방으로 쳐들어가는 중이었다. 집을 어떻게 아냐고? 단서는 오로지 마을 어디에서도 보인다는 교회 십자가뿐이었다. 언젠가 명진이 말했었다.

"십자가를 향해 걸으면 돼. 같은 골목이니까. 거기 파란색 대문."

그 말을 용케도 기억하고 있다가 요긴하게 써먹고 있었다.

마을은 도시의 변두리라기보다는 시골에 더 가까웠다. 낮은 지붕을 인 집들이 빗속에 조용히 가라앉아 있었다. 마을 뒤편으로는 언뜻언뜻 논과 밭도 보였고 그 너머는 산이었다. 어느 집에서는 개가 짖고 어느 집에서는 소가 긴 울음소리를 냈다. 주위를 둘러보다 나무 위에 앉은 커다란 새와 눈이 마주쳤다. 아니 마주쳤다고 생각했다. 순간 잿빛 새가 기괴한 울음소리를 내며 어디론가 날아갔다. 고개를 젖히고 새가 날아간 방향을 바라보았다. 비 때문인지 마을의 분위기 때문인지 마치 유배지에 온 듯한 느낌이 들었다. 괜히 기분이 울적해졌다. 배낭을 추스르고 다시 걷기 시작했다. 미로 같은 골목길을 돌고 돌아 조금씩 십자가를 향해 나아갔다.

마당을 가운데 두고 두 채의 건물이, 높직한 댓돌과 마루, 방문들은 세 개씩, 쌍둥이들처럼 마주보고 있었다. 그중 대문과 가장 가까운 방문이 벌컥 열렸다.

"이 시간에 네가 웬일이야?"

다행히 명진은 아직 등교 전이었다. 명진의 이름을 부르면서도 집에 있을 거라는 확신은 없었다. 여섯 개의 방문들에 둘러싸인 마당에 서서야 미리 전화라도 할걸, 후회했었다.

"비 맞지 말고 일단 들어와."

나는 명진의 방으로 들어갔다. 젖은 옷에서 물방울이 떨어졌다.

"전화하지…… 하여튼 비 맞고 다니는 버릇은 여전하구나."

명진이 수건을 건네주며 말했다. 나는 배낭을 내려놓고 젖은 머리카락을 닦았다.

"그런데 진짜 웬일이야?"

"학교는 가기 싫고…… 아무리 생각해도 갈 데가 없잖아."

"무슨 일 있어?"

"아무 일도. 미안한데 오늘 여기 좀 있으면 안 될까?"

"그건 상관없는데…… 뒤늦게 사춘기?"

"사춘기가 아니라 가출."

"진짜 무슨 일 있구나."

"그런 건 아니고 하루만 신세 좀 지자."

"그래, 네 고집을 누가 꺾겠냐. 얘기는 저녁에 하자. 밥하고 반찬 있으니까 알아서 차려 먹어."

"고맙다, 친구야. 역시 넌 베스트 프렌드야."

"알긴 아네."

내 어깨를 툭 치며 명진이 말했다. 아우, 또 비야. 방문을 열던 명진이 투덜거렸다. 곧이어 방문이 닫히고 조금 뒤에는 대문 닫히는 소리도 들렸다. 이제는 정말 나 혼자였다. 그것도 남의 집, 남의 방에.

벽에 등을 기대고 가만히 앉아 있었다. 아무런 소리도 들리지 않았다. 주위가 너무 조용해서 마치 진공 팩 속에 갇힌 듯 숨이 막혔다. 아니, 외롭고 두려웠다. 스스로 선택한 고립이면서도 정작 혼자 남겨지자 외롭고 두려워지는 건 또 뭔가. 버려진 느낌. 내가 없어도 세상은 아무렇지도 않게, 어쩌면 더 잘 굴러갈지 모른다는 데서 오는 서운함. 소외감. 어처구니가 없었다. 단순히 주위가 조용한 것일 뿐인데 생각은 이상한 방향으로만 비약했다. 나는 피식, 웃고 말았다. 역시 나는…… 나약한 인간이구나, 인정할 수밖에 없었다.

바깥세상과의 연결고리를 찾아 라디오를 켰다. 디제이의 목소리 혹은 누군가의 노랫소리가 흘러나오리라 기대했던 라디오는 그러나 묵묵부답이었다. 껐다가 다시 켜도 마찬가지였다. 형광등 스위치를 눌러보았다. 아무런 반응이 없었다. 냉장고를 열어보고 밥솥도 살펴보았다. 정전이었다. 라디오도 없이 기나긴 낮 시간을 어떻게 보내야 할지 난감했다. 그때 어디선가 진공 팩 속만 같던 정적을 깨는 수상한 소리가 들려왔다. 방 안을 서성이던 것을 멈추고 귀를 기울였다. 관자놀이 속 맥박이 세차게 뛰었다. 다시 한 번 그 소리. 크아악! 그리고 카학! 소리는 아주 가까운 곳에서 나고 있었다. 두려움과 호기심이 동시에 솟구쳤다. 조심스럽게 방문을 열었다.

맞은편 방문이 열려 있었다. 어두운 방 안의 뭔가가, 아마도 사람이 꿈틀, 하더니 느릿느릿 몸을 뒤집었다. 그때 어둠 속의 사람과 눈이 마주쳤고, 우리는 서로를 말없이 바라보았다. 그리고 마침내.

"학교 안 갔어? 난 또 다 간 줄 알았네."

"아, 네…… 몸이 좀 안 좋아서……"

나는 더듬거렸다. 언젠가 명진에게 들은 적 있는 집주인 할아버지였다. 할아버지의 존재를 까맣게 잊고 있었다. 다들 학교에 가고 집이 비었을 거라고만 생각했다. 다행히 할아버지는 내가 자취생이 아니라는 걸 알아차리지 못했다. 아마도 할아버지의 시력이 마당 너머까지 꿰뚫을 정도는 못 되는 모양이었다. 그렇다면 주저할 이유가 없었다.

"정전인 것 같은데요, 할아버지. 혹시 그쪽도 전기가 나갔나요?"

하지만 할아버지는 대답 대신 느릿느릿 몸을 뒤집더니 깡통에다 카학, 가래침을 뱉었다. 조금 전에 들은 소리의 정체는 수상한 짐승이 아니라 바로 할아버지였다. 자리에 눕기 전에 얼른 할아버지, 불렀다. 내 쪽을 힐끗 건너다볼 뿐 할아버지는 그대로 자리에 누웠다. 할 수 없이 맞은편 마루로 건너가 두꺼비집을 살펴보았다. 차단기가 내려가 있었다.

"차단기 때문이었네요. 이거 그냥 올려도 되죠?"

역시 대답이 없었다. 망설이다 결국 차단기를 올렸다. 눈에 보이는 변화는 없었으나 전기가 들어온다는 건 느낌으로 알 수 있었다. 방으로 돌아와 불을 켰다. 과연. 냉장고도 모터 소리를 내기 시작했다. 라디오를 켜자 기대했던 대로 누군가의 노랫소리가 흘러나왔다. 아아. 전기의 위대함이여. 전기가 있어 그 순간 나는 덜 외로울 수 있었다.

라디오를 들으며 책을 읽었다. 귀와 눈을 다 뺏기고 있었지만 떠오르는 잡념을 완벽하게 막을 수는 없었다. 머릿속에도 차단기가 있다면. 내 몸의 감각은 수업 시간과 쉬는 시간을 정확하게 구분해 내고 있었다. 수업 시간에는 불안 속에서 긴장했고 쉬는 시간에는 좀더 자유로운 마음이 되었다. 아버지는 전혀 걱정되지 않았다. 가출의 표면적인 이유는 아버지에게 시위하기 위한 것이었다. 엄마도 걱정되지 않았다. 엄마는 회사와 집안일만으로도 하루 스물네 시간이 모자란 사람이었다.

갑자기 방 안이 어두워졌다. 라디오도 잠잠해졌다. 밥솥의 주황색 불빛도 사라졌다. 전기가 나간 뒤 나는 꽤 오랫동안 방 안에 우두커니 있었다. 전기가 나간 원인은 알고 있었다. 다만 이유를 모를 뿐이었다. 잡념에 정신을 뺏기고 라디오에 집중하는 척했지만 사실 내 귀는 이 집 안 구석구석에서 나는 미세한 소리들을 다 듣고 있었다. 고양이가 마당을 가로지르는 소리, 새래식 변소에서 톡, 기포 방울 터지는 소리, 쥐가 부엌 바닥을 내달리는 소리, 하수구에서 쪼르르 물 흐르는 소리. 그리고 할아버지.

할아버지의 발소리를 들었다. 방문은 닫혀 있었지만 집 안에 나 말고도 할아버지가 있다는 것을 알고 나자 할아버지가 내는 지극히 사소한 소리들까지 다 들렸다. 숟가락으로 그릇 긁는 소리, 돌아눕거나 일어나는 소리, 그리고 마루를 걷는 불안정한 발소리까지. 탁, 차단기가 내려지고 뒤이어 암전.

학교에서라면 점심을 먹을 시간이었다. 빗줄기가 가늘어지기는 했지만 그치지는 않았다. 9월 초순의 가을비가 질기게도 왔다. 할아버지의 방문은 닫혀 있었다. 닫힌 방문을 열고 이유를 물을 용기까지는 나지 않았다. 고민 끝에 마당을 가로질러 가 차단기를 올렸다. 이유야 어쨌든 내게는 전기가 필요했다. 명진의 냉장고와 밥솥도 전기를 필요로 했다. 내가 차단기를 올려도 할아버지는 내다보지 않았다. 방으로 돌아와 점심을 먹었다. 설거지를 하는데 또 전기가 나갔다. 그때쯤에는 원인뿐만 아니라 어느 정도 이유도 짐작하고 있었다. 명진에게서 들은 이야기가 뒤늦게 생각났다.

할아버지에게는 찾아오는 자식이 없었다. 전화하는 자식만 있었다. 생활비를 주는 자식이 없었다. 전화하는 자식만 있었다. 반찬을 만들어 보내는 자식이 없었다. 전화하는 자식만 있었다. 명진은 할아버지의 자식이 몇 명인지는 알지 못했다. 자식이 하나일 수도 있고 여러 명의 자식이 번갈아 전화하는 것일 수도 있었다. 전화벨은 며칠에 한 번, 어떨 때는 몇 주에 한 번 울렸다. 통화는 극히 짧았다.

전화기는 할아버지 것이라기보다 자취생들의 것이었다. 자취생들은 돈을 내고 전화기를 사용했다. 평소에는 다이얼에 자물쇠가 채워져 있었다. 자취생들이 통화하는 동안 할아버지는 옆에서 시간을 쟀다. 사용 시간에 따라 요금이 정해졌다. 자취생들은 요금이 비싸다고 투덜거렸지만 이용을 거부하지는 않았다. 공중전화는 너무 멀리 있었다. 다른 이유도 있었다. 자취생들은 할아버지의 전화기로 걸기만 하는 게 아니라 받기도 했다. 주로 가족이나 친구들에게서 온 전화였다. 그것은 공짜였다. 간간이 돈을 내고 할아버지의 전화기를 이용해야만 덜 미안할 수 있었다.

할아버지는 자취생들이 내는 월세로 생활했다. 월세는 방 하나에 3만 5천 원, 다섯 명의 월세를 합해봐야 한 달에 고작 17만 5천 원이었다. 아무리 절약한다 해도 그 돈으로 과연 한 달 생활이 가능한지는 알 수 없었다. 어쩌면 그래서 차단기를 내리는 극단적인 방법까지 쓰는지도 몰랐다.

책 읽기를 포기했다. 라디오는 저 혼자 떠들다 멈추기를 반복했다. 읽고 들을 필요가 없었다. 차단기 하나를 두고 할아버지는 내리고 나는 올리며 하루 종일 신경전을 벌였다. 나는 필요 이상으로 차단기에 집착했다. 할아버지의 발소리에 온 신경을 집중했다. 내가 올리고 난 뒤 몇 분 후에 내리는지 시간을 쟀다. 할아버지가 지체한 꼭 그 시간만큼 기다렸다가 살금살금 건너편 마루로 다가가 차단기를 올렸다. 쿵쾅거리며 뛰는 가슴은 방에 돌아와서까지도 진정되지 않았다. 할아버지가 방문을 벌컥 열고 넌 누구냐고 소리칠 것만 같았다. 자취생이 아니라는 게 탄로 날까 봐 불안에 떨었다. 그러면서도 나는 차단기를 포기하지 않았다. 그것은 마지막 자존심 같은 것이었다. 최소한 어두운 방 안에 있지 않을 권리 정도는 있다는 걸, 불합리한 처사에 굴복하지 않는다는 걸 다른 누구도 아닌 내게 증명해 보이고 싶었다. 할아버지와의 신경전은 해가 완전히 진 뒤에야 끝이 났다. 그제야 나는 긴장을 풀고 환한 불빛 아래 드러누웠다. 온몸에 기운이 하나도 없었다. 허탈한 웃음만 나왔다.

"너 어디 아프냐고 선생님이 물어보시더라."

"며칠만 더 이 방에 있으면 안 될까?"

나는 명진의 눈치를 보았다. 방은 턱없이 작았다. 짐이라고는 비키니 옷장과 냉장고, 앉은뱅이책상밖에 없는데도 명진과 나란히 누우면 방이 꽉 찰 것 같았다. 하지만 명진은 다른 것을 걱정했다.

"계속 결석하겠다고?"

"아니. 학교는 가고."

명진이 한숨을 쉬었다.

"내가 안 된다고 하면?"

"다른 데 알아봐야지. 돈 많은 아저씨 하나 물든지."

"말 참 예쁘게 한다. 그래, 암튼 같이 지내보자."

"고마워."

나는 배시시 웃었다. 명진은 웃지 않았다. 심각한 얼굴로 명진이 물었다.

"집에 무슨 일 있지? 정말 말 안 할 거야?"

"사촌 언니 때문이야. 아니지, 아버지 때문이라고 해야겠네."

2

아버지는 또 꿈을 꾸었다고 했다.

"이번엔 어쩐지 감이 좋아."

엄마는 아무 말 하지 않았다. 나도 기가 찬다는 표정으로 잠깐 아버지를 쳐다보았을 뿐 묵묵히 밥을 먹었다. 이제 포기할 때도 됐는데, 그러나 아버지는 포기하지 않았다. 10년의 세월이 흘렀다. 작은아버지와 우리 집에 다니러 왔다가 과자를 산다고 나가서는 영영 돌아오지 못한 사촌 언니. 나보다 세 살 많았던 사촌 언니는 그때 열 살이었다. 누군가는 유괴라고 했고 누군가는 길을 잃은 거라고 했다. 유괴든 길을 잃은 것이든 가족에게 연락할 방법이 없다는 점에서 어차피 결과는 마찬가지였다. 사촌 언니는 우리 집의 주소는 물론 전화번호도 알지 못했다. 시골의 작은아버지 집에는 아예 전화가 없었다.

내가 용돈만 안 줬어도……

아버지는 그날 이후 하루에 담배를 두 갑씩 피우는 골초가 되었다.

어린애를 혼자 내보내는 게 아니었는데……

엄마는 괜히 죄인의 얼굴을 하고서 가슴만 쳐댔다. 하지만 뭐니 뭐니 해도 가장 상심이 큰 사람은 작은아버지였다. 작은어머니가 돌아가신 뒤 작은아버지에게 남은 유일한 가족이 사촌 언니였다. 작은아버지는 몇 달 동안 우리 집에 머물며 수백 군데의 경찰서와 수십 군데의 고아원을 방문했지만 사촌 언니를 찾지 못했다. 피폐한 몸과 정신으로 집으로 돌아간 작은아버지는 그 후 사촌 언니가 생각날 때마다 고향 마을 근처를 하염없이 걸었다. 논길도 걸었고 둑길도 걸었고 국도도 걸었다. 작은아버지가 걸으면 사람들은 또 딸 생각하는구나, 짐작했다.

그러던 어느 날이었다. 국도를 걷던 작은아버지가 자동차 사고를 당했다. 크게 다친 작은아버지는 병원에 입원했고 아버지가 뒷수습을 하기 위해 뛰어다녔다. 가장 큰 문제는 자동차 운전자와 작은아버지의 말이 다르다는 것이었다. 자동차 운전자는 작은아버지가 갑자기 차 앞으로 뛰어들었다고 했다. 하지만 작은아버지는 여느 날과 다름없이 국도를 따라 걸었고 자동차가 다가오는지도 몰랐다고 했다. 경찰은 자동차 운전자의 말에 무게를 두었다. 자동차 운전자는 중소기업 사장이었다. 작은아버지는 농사꾼이었다. 자동차 운전자는 많이 배운 사람이었다. 작은아버지는 농업고등학교를, 그것도 간신히 졸업한 사람이었다. 게다가 정신 상태까지 의심받고 있었다.

아버지는 사고 현장으로 직접 가서 타이어 자국을 살펴보더니 작은아버지의 손을 들어주었다. 작은아버지를 치기 훨씬 전부터 자동차는 휘청거리고 있었다. 아버지는 자동차 운전자의 음주를 의심했다. 하지만 사고가 난 지 며칠이 흐른 뒤라서 그것은 이미 증명할 길이 없어져버렸다.

아버지는 목격자를 찾기 위해 동분서주했다. 마을 사람들의 집으로 일일이 찾아가서 물었다. 지성이면 감천이라고 했다. 아버지의 정성이 하늘에 통했다. 이웃 마을에서 목격자를 찾아냈다. 귀찮은 일에 휘말리기 싫어하는 목격자를 아버지는 달래고 설득했다. 한창 바쁠 농사철이었다. 아버지는 일손을 사서 댄다는 조건으로 목격자로부터 법정에서 증언을 하겠다는 약속을 받아냈다. 하지만 목격자는 약속을 지키지 않았다. 법정에서의 증언을 거절했다. 그 며칠 뒤 목격자는 새 경운기를 끌고 밭으로 향했다.

재판은 지루하게 이어졌다. 아버지는 다른 증거들을 찾아내기 위해 머리를 쥐어짰다. 사고 현장을 찍은 사진을 들고 전문가라는 사람들을 찾아다녔다. 빚을 내어 변호사를 선임했다. 하지만 자동차 운전자도 만만한 상대가 아니었다. 그 역시 변호사를 선임했고, 아버지가 들이미는 증거마다 무용지물로 만들었다. 그리고 두 사람 다 포기하지 않았다. 그렇게 2년이 흘렀다. 치료비를 받아내기 위해 시작한 싸움이 치료비의 수십 배에 달하는 돈을 까먹고 있었다.

작은아버지는 진작 퇴원해서 집으로 돌아갔다. 그러고는 골방에 틀어박혀 반드시 필요할 때가 아니면 밖으로 나오지 않았다. 아버지가 메뚜기처럼 사방으로 뛰어다니든 말든 상관하지 않았다. 농사도 짓지 않았고 밥이 없으면 먹지도 않았다. 때문에 엄마는 2주일에 한 번 작은아버지 집으로 밥과 반찬을 날라야 했다. 버스로 한 시간 거리였다. 아무런 결론을 내지도 못하고 3년째 재판이 이어지던 어느 날 마침내 엄마가 폭발했다. 엄마 입에서 이혼이라는 단어가 나온 건 그때가 처음이었다. 아버지는 법정 싸움을 포기했다. 남은 것은 상처 입은 자존심과 인간에 대한 실망 그리고 빚뿐이었다. 그렇게 작은아버지의 일은 마무리되는 것 같았다.

"꿈을 꿨어. 혜란이가 울면서 지 아버지를 찾고 있더라고."

이번에는 사촌 언니였다. 재판을 포기한 몇 달 뒤부터 아버지는 꿈을 꾸기 시작했다. 꿈속의 사촌 언니는 늘 울고 있었고, 언니가 선 장소는 고아원 앞이거나 학교 앞이거나 때로는 정자나무 아래가 되기도 했다. 아버지는 꿈속의 장소를 그림으로 그려서는 주위 사람들에게 물었다.

어딘 것 같소? 어딘 것 같습니까? 혹시 여기 본 적 없어요?

누군가가 어딘 것 같은데……, 슬쩍만 흘려도 아버지는 다음 날 즉시 그곳으로 달려갔다. 한두 번으로 끝날 줄 알았던 아버지의 꿈타령은 어느덧 몇 년째 계속되고 있었다.

"이제 그만하세요. 할 만큼 했잖아요."

올해 초 나는 드디어 아버지에게 반기를 들었다. 열일곱, 아닌 것은 아니라고 당당하게 말할 수 있는 나이가 된 것이다. 게다가 장녀

인 내가 나서지 않으면 해결이 안 될 일이었다. 말리다 지친 엄마는 진작 포기 상태였고, 중학교 1학년인 여동생은 너무 어렸다. 어쩌면 아버지도 누군가 말려주기를 바라고 있을지 모른다는 생각도 들었다. 스스로 그만두기 쑥스러울 테니까. 하지만.

"어릴 때는 그렇게 잘 따르더니…… 인정머리도 없다."

"기억 안 나요."

나는 사촌 언니의 얼굴도, 내게 사촌 언니가 있었다는 사실도 기억하지 못했다. 남은 것은 어른들의 얘기와 나란히 앉아 찍은 사진뿐이었다. 기억이 났다 해도 역시 아버지의 행동은 이해할 수 없었을 것이다. 아버지는 작은아버지에게 할 만큼 했다. 사촌 언니도 찾을 만큼 찾았다. 아버지가 할 수 있는 일은 다했다. 그런데도 왜 아직 포기하지 못하는지 이해할 수 없었다. 비록 1년에 서너 차례 집을 비운다고는 해도 그때마다 우리는 아버지가 반드시 있어야 할 자리에 없음으로써 생기는 설움을 겪어야 했고, 사랑을 뺏겼다는 박탈감을 느껴야 했다. 그뿐인가. 경제적으로도 어려워져서 덜 입고 덜 쓰며 살아야 했고, 엄마는 회사 일과 집안일, 작은아버지의 수발과 아버지의 부재라는 4중고에 시달려야 했다.

"살아 있다는 보장도 없잖아요."

"무당이 살아 있대."

아버지가 1년에 한 번씩 무당을 찾아가 사촌 언니의 생사를 묻는다는 것은 알고 있었다.

"무당 말을 어떻게 믿어요?"

"그러니까 무당이지. 아무나 무당 하니?"

"살아 있대도 이제 스무 살이에요. 고아원을 떠났을 거라고요."

"그렇대도 어디로 갔는지 기록은 있을 거 아니냐."

"솔직히 말해서 우리 가족도 아닌데 왜 그렇게 집착하세요?"

"내 동생 때문에 그런다. 그놈이 머리가 좀 부족해서 그렇지 얼마나 착한 놈인데. 그놈이 저러고 사는 꼴을 내가 어떻게 보냐. 내 살아 있는 동안에 사람 꼴로 만들어야 해. 그러자면 혜란이를 찾는 수밖에 없어."

"그럼 우리는요? 엄마는요? 우리한텐 관심도 없죠? 도대체 아버지한테 우리는 뭐예요?"

그랬는데, 아버지가 또 꿈을 꾸었단다. 게다가 이번엔 어쩐지 감까지 좋단다. 식탁에서 일어나며 내가 물었다.

"이번엔 얼마나 걸리는데요?"

"그건 가봐야 알지."

이틀 전, 결국 아버지는 꿈속의 장소를 찾아 떠났다. 가게 문에는 사정이 있어 며칠 휴업한다는 종이 한 장만 달랑 붙어 있었다. 그리고 오늘 아침 나는 세탁기만큼이나 커다란 배낭을 어깨에 멨다. 엄마는 안방에서 출근 준비 중이었고, 함께 집을 나서던 여동생이 배낭을 보고 앞을 막아섰지만 나는 가볍게 물리쳤다.

"고작 그거야?"

내가 얘기를 마치자 명진이 물었다.

"응. 고작 이거야."

"가출 이유로는 충분하네, 뭐. 이제 밥 먹자."

그날 밤 나는 잠을 이루지 못했다. 가출 첫날이어서가 아니었다. 좁은 방 안에 웅크리고 누워서도 아니었다. 새소리 때문이었다. 새는 밤새 쉬지 않고 기괴한 소리를 내며 울었다. 소리가 어찌나 크고 끔찍한지 마치 내 귀에다 부리를 대고 우는 것 같았다. 한두 마리도 아니었다. 여기저기서 끄악끄악, 악을 써댔다. 때때로 여러 마리가 화르륵, 날갯짓 소리를 내며 날아오르기도 했다. 도무지 잠을 잘 수가 없었다.

"백론지 두루민지 거 되게 시끄럽네."

내가 투덜거리자 명진이 잠결에 대답했다.

"왜가리."

"저것들은 왜 집에도 안 가고 이 난리야?"

명진이 또 잠결에 대답했다.

"여기가 집이야. 교회 뒤가 소나무 숲이거든."

"그런데 이 냄새는 뭐지? 낮부터 계속 나."

"왜가리 배설물."

내가 묻기만 하면 명진은 밤새도록이라도 대답을 해줄 것 같았다. 그래서 더 묻지 않았다. 조용히 방문을 열고 마루로 나갔다. 불이 켜진 방은 없었다. 개 짖는 소리도 소 울음소리도 들리지 않았다. 깨어 있는 것은 오로지 왜가리와 나뿐이었다. 아니다. 엄마도 아마 잠들지 못했을 것이다.

"네가 참아라."

엄마가 늘 하던 말이었다.

"말릴 만큼 말려봤다."

언젠가 엄마가 한 말이었다.

"총각 때부터 형제애가 워낙 남달랐다."

올해 초 아버지에게 반기를 들자 엄마가 나를 붙잡고 한 말이었다. 엄마가 그 말을 할 때 나는 다른 것을 생각하고 있었다. 초등학교 졸업식 때, 엄마가 아파서 병원에 가야 했을 때, 내가 독감으로 앓아누웠을 때, 집에 도둑이 들었을 때, 빚쟁이들이 집으로 쳐들어왔을 때, 무수한 때 때 때, 느껴지던 아버지의 빈자리 같은 것이었다.

또다시 왜가리들이 까만 밤하늘로 화르륵 날아올랐다. 주위를 둘러보았다. 대문은 닫혀 있었다. 화장실 문도 닫혀 있었다. 방문들도 다 닫혀 있었다. 단속하지 못한 것은 내 마음뿐이었다. 한숨을 쉬었다. 맨살에 와 닿는 밤바람이 선뜩했다. 비가 그친 후 기온이 뚝 떨어졌다. 다시 한숨을 쉬는데 때를 맞춰 왜가리가 기괴한 울음소리로 밤의 정적을 찢어놓았다.

"점심 먹고 바로 가야 해."

엄마가 말했다. 돈가스는 조금 질겼다. 맛이 나쁘지는 않았다. 다만 조금 질길 뿐이었다. 엄마는 돈가스를 잘 먹지 못했다. 엄마는 이가 좋지 않았다.

"얼른 대답 듣자. 오늘 들어올 거지?"

엄마가 말했다. 가출 하루 만에 학교로 찾아온 엄마와 나는 손님이 하나도 없는 분식집에 마주 앉아 있었다. 엄마는 분식집이 낯선지 자주 주위를 두리번거렸다. 나는 묵묵히 돈가스를 먹었다.

"네가 이런다고 네 아버지 안 변한다. 변할 사람이었으면 진작 변했다. 그러니 네가 포기해라."

"자취하고 싶어. 내보내줘."

"뭐라고?"

"자취하고 싶다고."

나는 질긴 돈가스를 씹었다. 다 씹기도 전에 입안으로 양배추를 우겨 넣었다. 엄마는 포크를 내려놓았다.

"아버지 때문에 이러니?"

"아냐. 왔다 갔다 시간도 많이 걸리고…… 그냥 집이 답답해."

집을 나오고 싶은 데는 물론 아버지도 원인 제공을 했다. 하지만 전적으로 아버지 때문만은 아니었다. 정확하게 설명할 수는 없지만 나는 집에 있을 수 없었다. 집에 있으면 숨이 막혔다. 이유 없이 우울해졌다. 지나치게 가까운 사람들과 함께 있고 싶지 않았다. 딱히 구속받거나 억압당하는 것도 없으면서 구속받고 억압당한다고 느꼈다. 지켜보는 눈이 없는 곳에서 자유롭게 살고 싶었다. 명진에게 아버지 얘기를 둘러댄 것은 복잡한 감정들을 잘 설명할 자신이 없어서였다.

"아버지 때문에 이러는구나."

엄마가 말했다. 나는 포크를 내려놓고 엄마를 바라보았다. 그리고 진지하게 말했다.

"아니라니까. 자취시켜줘. 자취하는 애들 많아. 공부 열심히 할게."

"집에서 열심히 하면 되잖아. 형제가 많은 것도 아니고 달랑 자매 둘인데 너 나가면 현정이는 어떡하라고."

엄마는 한숨을 쉬었다. 나도 따라 한숨을 쉬었다.

"그럼 집에 안 들어갈 거야."

"아버지한테 혼나고 싶어서 발악을 하는구나."

"엄마가 막아줄 거잖아. 친구하고는 얘기 끝냈어. 계속 있어도 된대."

"네가 거지냐? 네가 부모가 없냐, 집이 없냐?"

"이 순간부터 난 거지야. 부모도 있고 집도 있지만 돈이 없으니 거지지, 뭐."

엄마의 한숨 소리가 깊어졌다. 나는 물을 마시고 자리에서 일어났다. 엄마는 잡지 않았다. 나는 잠시 그대로 서 있었다. 그러다 결국 손을 내밀며 말했다.

"돈 좀 줘."

엄마가 지갑에서 만 원짜리 두 장을 꺼내 내 손바닥에 올려놓았다. 나는 또 잠시 그대로 서 있었다. 미안하다는 말이 목구멍까지 치밀었지만 꿀걱 삼켜버렸다. 분식집을 나섰다. 몇 발짝 걷다 돌아보니 엄마는 같은 자리에 꼼짝 않고 앉아 있었다.

며칠 뒤 나는 본격적으로 자취 생활을 시작했다. 명진의 옆방이었다. 그 방에 있던 2학년 선배는 서울로 전학 갔다. 좀더 쉽게 서울 소재 대학에 가기 위해서였다. 2학년 선배들은 종종 서울로 전학을 갔다. 전학 대기자 명단에 이름을 올려놓고 몇 달씩 기다렸다가 갔다. 운이 좋으면 1학년 때 가기도 했다. 거의가 대학 때문이었다. 시내의 다른 학교들은 그렇지 않은데 유독 우리 학교만 전학율이 높았다. 학교가 위치해 있는 도시 변두리에 대한 불신 때문이었다. 변두리 고등학교에 다니다 변두리 대학에 갈까 봐 미리 피하는 것이었다.

다시 며칠 뒤에는 할아버지 옆방에 살던 3학년 선배가 자퇴했다. 이유는 알려지지 않았다. 죽을병에 걸렸다는 얘기에서부터 담임 선생님에게 밉보여서라는 얘기까지 확인되지 않은 소문만 무성했다. 하나 확실한 것은 자퇴한 선배가 다른 학교에 가는 대신 검정고시를 볼 거라는 사실이었다. 그 말은 선배와 친했던 명진이 전해주었다. 환송회는 없었다. 선배는 간다는 말도 없이 가버렸다. 우리가 학교 간 사이 깨끗하게 방을 비웠다. 선배의 방에는 주애가 들어왔다. 주애도 1학년이었다. 이로써 할아버지의 집에는 1학년생들만 오글오글 모여 살게 되었다. 얼마 지나지 않아 눈 어둡고 귀 어두운 할아버지의 집은 우리뿐만 아니라 이 마을 1학년 자취생들의 아지트가 되었다.

3

"너희들은 백일주 안 하냐?"

담임 선생님이 물었다. 우리는 웃음을 참기 위해 짐짓 심각한 표정을 지었다. 명진의 예상대로였다. 저녁을 먹을 때 명진이 말했었다.

"아마 오늘 저녁에 오실 거야. 정보 캐러."

"정말 백일주 안 해?"

선생님이 다시 물었다. 우리는 눈을 동그랗게 뜨고는 고개를 저었다. 선생님은 모여 앉은 우리 얼굴을 하나씩 살펴보았다. 선생님과 명진, 나와 주애는 방 안에, 영주와 정혜는 마루에 앉아 있었다. 영주와 정혜만 다른 반이었다. 주애가 말했다.

"일학년이 무슨 백일주예요?"

"다른 학교 애들은 일학년 때부터 연습한다던데?"

"연습이라는 단어만 들어도 머리 아파요."

명진이 커피 잔을 돌리며 말했다. 우리는 종례 시간의 주의 사항을 기억하고 있었다. 백일주를 마시지 말 것. 선배들이 불러도 나가지 말 것. 백일주를 마시다 걸리면 정학까지도 각오해야 했다. 3학년들은 알아도 모른 척 어느 정도 봐주는 분위기였지만 1, 2학년은 아니었다. 매년 한두 건씩 사고가 있었다. 작년의 사고는 그중 가장 충격적인 것이었다. 학교 뒷산에서 백일주를 마시고 내려오던 2학년생이 발을 헛디디는 바람에 아래로 추락했다. 2학년생은 목이 부러져 즉사했다. 사건은 그뿐만이 아니었다. 시내에서 백일주를 마시고 집으로 가던 1학년생이 육교 아래로 떨어졌다. 떨어진 1학년생의 몸 위로 차들이 지나다녔다. 우리는 그 이야기를 지겹도록 들었다. 부모님도 얘기하고 부모님의 친구들도 얘기하고 선생님들도 얘기했다. 겁을 주기 위해서였다. 선배들도 얘기했다. 기선 제압을 하기 위해서였다.

"너희는 그렇다 치고 혹시 다른 애들은 어디서 모이는지 아니?"

지금쯤 선생님들은 학교 뒷산을 순찰하고 있을 것이었다. 몇몇 선생님들은 시내를 돌고 있을지도 몰랐다. 모두 아이들이 예상한 순찰 코스였다. 하지 말라면 더 하는 게 아이들이었다. 딱히 반항은 아니었다. 그래도 하지 말라는 것만 골라 기를 쓰고 했다. 어쩌면 그게 아이들의 습성인지도 몰랐다.

아이들은 점심시간에 끼리끼리 모여 의견을 주고받았다. 내가 알고 있는 장소는 두 군데였다. 학교 옆 냇가와 교회. 냇가는 좀 과격한 아이들의, 교회는 상대적으로 온순한 아이들의 집합 장소였다.

교회파의 우두머리는 목사님의 외동따님이었다. 5월에 우리 학교로 전학 온 목사님의 외동따님은 우리와는 비교도 할 수 없을 정도로 다재다능했다. 노래도 잘 불렀고 피아노도 수준급이었다. 기타도 웬만큼 쳤다. 무용도 잘했다. 공부만 못했다. 선생님은 30미터 거리에 교회파 아이들을 두고 우리 공화국으로 찾아와 묻고 있었다. 내가 대답했다.

"모르는데요."

"그렇구나."

선생님은 의외로 선선히 물러났다. 하지만 명진의 방 안을 살피는 건 잊지 않았다. 우리는 조용히 커피를 마셨다.

"재떨이 좀 줄래?"

담배를 꺼내며 선생님이 말했다. 일어서려는 정혜를 영주가 잡았다. 다행히 그때 선생님의 눈은 나와 명진, 주애에게 향해 있었다. 선생님은 우리 세 명의 담임이었으니까. 정혜는 어리둥절한 얼굴로 영주를 보았다. 영주가 정혜의 팔을 꼬집었다. 그걸 보고서야 나는 눈치챌 수 있었다. 주애도 마찬가지였다. 이 아둔하고 눈치 없는 늦깎이 자취생들 같으니라구. 우리가 큰 깨달음을 얻는 사이 명진이 대답했다.

"재떨이 없는데…… 아, 잠깐만 기다리세요."

명진이 밖으로 나가더니 마당 구석의 휴지통을 뒤져 사이다 병을 찾아냈다. 나는 흡족한 미소를 짓고 있는 선생님을 보았다. 명진은 사이다 병에 묻은 흙을 물로 씻어내고는 선생님 앞에 내려놓았다.

선생님은 담배를 피우며 여러 가지 얘기를 했다. 주로 선생님의 대학 생활에 관한 것이었다. 청춘과 현실이라는 단어가 세 번쯤 나왔다. 사회라는 단어도 여러 번 나왔다. 꿈이나 이상이라는 단어도 나왔지만 그것은 평가와 잣대를 돋보이게 하기 위해서였다. 선생님은 올해 첫 발령을 받은 1년차 교사답게 서툴렀다. 선생님의 의도가 눈에 훤히 보였다. 결국은 공부를 하라는 말이었다. 하지만 선생님조차도 자신의 결론에 그다지 확신은 없어 보였다. 얘기를 끝낸 선생님이 슬쩍 우리 표정을 살폈다. 명진이 빙그레 웃으며 고개를 끄덕였다. 사이다 병 안에 담배꽁초가 버려졌다. 하얀 연기가 사이다 병을 꽉 채웠다. 그걸 보던 주애가 드라이아이스 같다고 말했다. 사이다 병 안에 머물던 연기가 조금씩 밖으로 빠져나오기 시작했다. 선생님이 사이다 병을 흔들었다. 담뱃불이 꺼졌다.

선생님이 돌아간 뒤 우리는 정혜의 방에 모였다. 이제부터 파티 시간이었다. 정혜 방에 숨겨놓았던 맥주와 과자를 꺼냈다. 떡볶이도 상 위에 올랐다. 순대는 상 가장자리에 놓였다. 못 먹는 사람이 둘이었다. 사놓은 지 오래되어 떡볶이 속의 떡은 굳었고 어묵은 퍼져 있었다. 순대는 따뜻함과 수분을 잃었다. 그래도 누구 하나 불평하지 않았다. 들키지 않았다는 것만이 중요했다. 선생님을 속여 넘겼다는 데 의의가 있었다. 그 외에는 하나도 중요하지 않았다. 우리가 갖고 싶었던 것은 하지 말라는 일을 하고 있다는 성취감이었다. 우리는 다들 명진의 선견지명에 감탄했다.

나는 정혜 방에서 장인의 솜씨가 느껴지는 재떨이를 보았다. 학이 음각된 옥빛 도자기 그릇이었다. 뚜껑에는 진주알처럼 생긴 손잡이가 달려 있었다. 재떨이는 묵직했다. 한낱 재떨이임에도 나는 그것을 공손하게 두 손으로 들어 정혜에게 건네주었다. 정혜는 담배를 피웠다. 정혜 외에는 아무도 피우지 않았다. 방문을 닫고 대신 창문을 열었다. 창은 작았다. 창밖은 사람이 지나다닐 수 없는 좁은 골목이었다. 정혜는 초에 불을 붙였다. 촛불이 담배 연기를 잡아먹는다고 했다. 우리는 소리 죽여 웃었다.

할아버지의 코 고는 소리가 들렸다. 할아버지는 초저녁잠이 많았다. 잔소리쟁이 할아버지가 잠들었으니 그럴 필요가 없는데도 우리는 소곤거리듯 말했다. 상대의 말을 잘 듣기 위해 머리를 맞댔다. 상을 가운데 두고 한 덩어리로 바짝 모여 앉은 채 건배를 했다. 주애와 영주는 맥주를 처음 마신다고 했다. 나는 이미 올해 초 맥주와 조우했다. 아버지가 사촌 언니를 찾기 위해 집을 비우고 엄마가 야근 때문에 늦는다고 전화한 날이었다. 베란다에는 언제나 맥주가 준비되어 있었다. 아버지는 맥주를 박스째 사다 놓고 하나씩 꺼내 먹었다. 가끔은 엄마도 꺼내 먹었다. 퇴근이 늦는 날 엄마는 밥 생각이 없다며 맥주를 마시고는 했다. 나는 베란다에서 맥주 한 병을 가져왔다.

"언니 뭐해? 설마 술 마시려고?"

현정이가 물었다. 현정이는 편지를 쓰고 있었다. 새로 사귄 친구들에게 줄 거라고 했다. 나는 현정이가 자리를 비웠을 때 편지를 슬쩍 읽어보았다. 너를 알게 돼서 반가워, 앞으로 친하게 지내자, 뭐 그런 내용이었다. 나는 책상 앞에 앉아 병째 맥주를 마셨다. 영화 속 주인공들은 다들 맥주를 병째 들고 마셨다.

"엄마한테 말할 거야?"

현정이는 대답하지 못했다. 어리둥절한 얼굴로 책상 위의 맥주병과 나를 번갈아 쳐다볼 뿐이었다. 그 뒤로 나는 아버지와 엄마가 집에 없을 때면 가끔씩 맥주를 마셨다.

"맥주에서 오줌 냄새가 나."

주애가 말했다. 우리는 또 소리 죽여 웃었다.

"오줌이 아니라 보리 냄새야. 색깔 때문에 그런 생각이 드는 거야."

정혜가 말했다. 정혜는 나보다 1년 빠른 중학교 3학년 때 처음 맥주를 마셨다고 했다. 그해는 정혜의 부모님이 이혼한 때이기도 했다. 정혜의 아버지는 복지관 관장이었다. 몸이 아프거나 정신이 아픈 사람들이 정혜네 복지관에서 살았다. 몸이 아프기는 정혜의 아버지도 마찬가지였다. 특별히 병이 있는 것은 아니었다. 그래도 정혜의 아버지는 늘 아프다고 말했고 정말 아픈 사람처럼 걸어 다녔다. 관장실에서 잘 나오지도 않았다. 밥도 관장실에서 혼자 먹었다. 아픈 사람들을 돌보는 일은 직원들이 알아서 했다.

정혜의 엄마가 복지관을 떠난 뒤 정혜는 기타를 놓고 대신 맥주를 마셨다. 담배도 피웠다. 복지관의 누구도 그 사실을 몰랐다. 정혜가 일부러 숨긴 것은 아니었다. 누군가가 물었다면 정혜는 솔직하게 말했을 터였다. 정혜는 거짓말을 할 줄 몰랐다. 혹은 누군가가 정혜의 방을 보았다면 바로 알았을 터였다. 정혜는 굳이 빈 맥주병과 담배를 숨기지 않았다. 하지만 누구도 정혜에게 묻거나 정혜의 방을 들여다보지 않았다. 어쩌면 알고도 모르는 척한 것일 수도 있었다.

정혜가 다시 담배 한 대를 피워 물었다. 맥주를 마시고 담배를 피워서인지 정혜는 늘 몽롱한 눈으로 사람들을 쳐다보았다.

"맥주에서 쉰 김밥 맛이 나."

영주가 말했다. 우리는 아무도 대꾸하지 못했다. 영주의 엄마는 시외버스 터미널 안에 있는 김밥집에서 하루에 열세 시간씩 김밥을 말았다. 영주의 아버지는 공사 현장에서 일했다. 영주네 가족은 할머니까지 모두 여덟 명이었다. 작년까지는 일곱 명의 가족이 방 두 개에 나눠서 잤다. 그때 고등학교 2학년이던 영주의 오빠는 더 큰 도시에 있는 학교 근처에서 하숙을 했다. 영주의 엄마와 아버지는 하루의 대부분 시간을 일했다. 그래도 방 세 개짜리 집으로 이사 가는 것은 쉽지 않았다. 그래서 영주가 나왔다. 온 가족이 방 세 개짜리 집으로 이사하는 것보다 영주가 3만 5천 원짜리 방에서 혼자 사는 게 더 쉬웠다.

"애들이 어려서 아직 뭘 모르네. 맥주 맛도 모르는 것들하고는."

명진이 말했다. 명진의 엄마는 이따금 가게 문을 닫은 뒤 명진을 앞에 앉혀두고 맥주를 마셨다. 명진이 가장 좋아하는 시간이었다. 일하지 않는 엄마를 볼 수 있는 유일한 시간이기 때문이었다. 너도 한잔해, 명진의 엄마가 말하면 명진은 마지못한 듯 한 모금씩 마시고는 했다.

나는 건배를 제안했다. 모두들 잔을 들었다. 영주는 찌푸린 얼굴로, 오줌 냄새가 난다던 주애는 싱글벙글 웃으며 마셨다.

"너희들은 대학 어디로 생각하고 있니?"

잔을 내려놓으며 주애가 물었다. 순간 영주는 찡그린 얼굴을 더 찡그렸고, 명진은 천장을 쳐다보며 딴청을 피웠다. 영주가 말했다.

"6월 모의고사 성적이 엉망이었어. 이번에도 그러면 대학 못 갈 것 같아."

"얘 말 듣지 마. 순 엄살쟁이라니까."

주애가 핀잔을 주었다. 지난 6월 모의고사 때 영주는 전교에서 3등을 했다. 할머니가 앓아눕는 바람에 며칠 조퇴를 하고 보충수업과 야간 자율학습까지 빠진 뒤 나온 성적이었다. 그때 영주는 얼굴에 골짜기가 파이도록 울었다. 할머니가 죽어버렸으면 좋겠어. 그렇게 중얼거렸다는 얘기는 명진을 통해서 들었다.

"야야, 그만하자. 뭘 벌써부터 사서 걱정이야? 그런 건 삼학년 돼서 해도 돼."

명진이 손을 내저었다. 내가 말했다.

"난 연대. 죽어도 연대 갈 거야."

"그럼 난 고대다. 정혜 넌?"

주애가 물었다. 우리는 정혜를 바라보았다. 도통 무슨 생각을 하는지 알 수 없는 정혜였다. 묻기 전에 먼저 말하는 법 없고 얼굴에 감정을 싣는 법 없는 정혜였다. 정혜를 바라보고는 있었지만 대답을 기대한 것은 아니었다. 평소라면 나? 뭐 아무 데나, 대답하는 게 정혜였다. 정혜가 중얼거리듯 말했다.

"서울대."

짧은 침묵의 순간이 지나고 우리는 웃음을 터뜨렸다. 명진이 제일 크게 웃었다. 주애는 영주의 무릎을 치며 웃었다. 내내 찡그리고 있던 영주마저 빙그레 미소 지었다. 나는 정혜의 어깨를 툭 치고는 허리를 꺾어가며 웃었다. 정혜는 지난 모의고사 때 반에서 39등을 했다. 전교 등수는 차마 말 못하겠다. 모의고사 성적표는 정혜의 방 책상 위에 활짝 펼쳐진 채 놓여 있었다. 명진이 성적표를 들고 이거 네 거야? 물어도 태연하게 응, 하고는 끝이었다. 뺏으려거나 숨기려는 노력은 없었다. 그날 정혜의 성적표는 할아버지네 자취방을 두루 돌았다. 그나마 대문을 넘어가지 않았던 것은 할아버지가 이쑤시개로 쓰겠다며 달라고 했기 때문이었다. 가지세요. 정혜가 말했다. 정혜의 성적표는 할아버지의 이 사이에 낀 고춧가루를 빼내는 뜻깊은 일을 한 뒤 쓰레기통으로 던져졌다.

"아아, 내가 못살아, 못살아. 너무 웃겨."

주애가 정혜의 무릎을 치며 말했다. 누군가의 손에 맞은 초가 쓰러지는 바람에 한바탕 난리가 날 때까지 우리는 웃음을 그치지 못했다.

4

아버지는 이번에도 빈손으로 돌아왔다. 어깨가 축 처진 채 열흘 만에 집으로 돌아왔다고 엄마가 말했다.

"이불 뒤집어쓰고 누웠다. 한두 번도 아니고 매번 이러니 옆에서 보는 우리가 죽겠다."

"내 얘기 했어?"

내가 묻자 엄마는 한숨부터 쉬었다. 방 안에 누운 할아버지가 고 개만 치켜들고 나를 쳐다보고 있었다. 통화를 짧게 하라는 뜻이었 다. 엄마가 말했다.

"너 하고 싶은 대로 내버려두래. 당장 데리고 들어오자고 할 줄 알았는데 네 아버지 실망이다, 정말. 내 얘기를 제대로 듣기나 한 건지…… 혜란이 반만 자기 자식들한테 신경 써도 내가 소원이 없 겠다."

"그럼 이제 완전히 결정된 거네?"

나는 할아버지를 돌아보며 히죽 웃었다. 할아버지는 텔레비전으로 시선을 옮겼다.

"힘들면 언제든지 들어와. 너 자취 나가고 내가 하루도 맘 편할 날이 없다. 세상이 얼마나 무서운지도 모르고……"

"그런 일 없어, 엄마. 나 혼자 자취하는 것도 아니고. 여기 할아버지 댁만 해도 자취생이 다섯이야."

나는 조금 더 엄마를 안심시킨 뒤 전화를 끊었다. 그때까지만 해도 할아버지 집은 내 눈에 난공불락의 철옹성처럼 보였다. 끝이 뾰족한 대문과 높직한 담장은 백만 대군이 몰려와도 끄떡없을 것처럼 튼튼해 보였고, 방의 걸쇠는 밤새 내 곁을 지키는 충직한 시녀처럼 보였다. 밤손님이 들기 전까지는 그랬다. 우리 공화국에 밤손님이 든 뒤 비로소 나는 현실에 눈을 떴다. 보이는 것을 보이는 대로 받아들였다. 대문은 녹이 슬어 군데군데 구멍이 나 있었고 담장엔 무수한 금이 가 있었다. 높게만 보였던 담장이 건장한 남자가 뛰어넘지 못할 정도는 아니라는 것도 깨달았다. 방의 걸쇠도 마찬가지였다. 잠긴 걸쇠 아래에 책받침을 넣고 시녀의 뺨을 때리듯 탁 쳐올리자 빗장이 풀어졌다.

밤손님이 우리 공화국으로 숨어든 것은 9월 중순의 어느 토요일이었다. 그날은 아침부터 물이 나오지 않았다. 물 나오는 시간은 아침과 저녁에 두 시간씩, 하루 두 차례였다. 낮에는 물이 나오지 않았다. 시간이 정해져 있으므로 예고 없이 단수되는 경우는 드물었다. 씻기 위해 수돗가에 모인 우리는 황당한 얼굴로 수도꼭지를 내려다보았다. 물을 비축해놓은 사람은 아무도 없었다. 물은 할아버지의 부엌에만 있었다. 할아버지는 언제나 부엌의 커다란 물통에 물을 그득 채워놓았다. 할아버지의 부엌문은 잠겨 있었다. 할아버지, 불렀지만 기척이 없었다.

우리는 두레박을 들고 우물로 갔다. 우물은 대문 밖 골목에 있었다. 마을 공동 소유였지만 우물을 이용하는 사람은 자취생뿐이었다. 우리는 우물물을 길어 와서 세수를 하고 머리를 감았다. 오전 수업을 마치고 집에 돌아왔을 때까지도 물은 나오지 않았다. 아침 급수를 건너뛰었으니 어쩌면 낮에 나올지도 모른다고 기대했었다. 우리는 다시 수돗가에 모여 난감한 얼굴로 수도꼭지를 내려다보았다. 이번에는 우물로 해결할 수 있는 일이 아니었다. 우물물을 길어서 1주일 치 빨래를 한다면 아마 팔이 빠질지도 몰랐다.

"중간고사만 아니면 그냥 집에 가는 건데."

명진이 말했다. 중간고사까지 사흘이 남아 있었다. 그래서 이번 주에는 다들 집에 가지 않고 학교에서 공부를 하기로 약속했었다.

"난 빨래 안 할래."

정혜가 말했다.

"교복은?"

주애가 물었다. 우리는 다들 교복을 한 벌씩 갖고 있었다. 토요일에 빨지 않는다면 1주일을 더 입어야 한다는 뜻이었다. 하루 종일 교복을 입고 지내는 우리에게 그건 너무 가혹한 일이었다. 정혜가 어깨를 으쓱하더니 말했다.

"한 벌 더 맞춰달라지, 뭐."

"교복이 하루 만에 만들어지냐?"

불만스러운 얼굴로 영주가 물었다. 정혜가 또 어깨를 으쓱하더니
말했다.

"아마도."

우리는 탄성을 내질렀다. 영주만 불만 가득한 표정을 풀지 않았
다. 정혜여서 가능한 그 일이, 아니 정혜의 아버지가 복지관 관장이
어서 가능한 그 일이 영주의 심기를 불편하게 했다. 복지관 직원들
은 정혜의 부탁이라면 무엇이든 다 들어주었다. 불가능해 보이는
일도 가능하게 만들어버리는 사람들이었다. 정혜의 엄마가 밖으로
돌고 정혜의 아버지가 자기만의 세계에 갇혀 있는 동안 복지관 직
원들이 어린 정혜를 보살피고 키웠다. 정혜가 고등학생이 된 뒤에
는 정혜의 등록금을 대고, 정혜에게 생활비를 주고, 정혜가 잃어버
린 체육복과 운동화와 교과서를 잔소리 하나 없이 다시 사주었다.
그들은 정혜의 수호천사였다.

"냇가로 가자."

명진이 말했다. 그것 외에는 방법이 없었다. 우리는 빨랫감을 들
고 냇가로 향했다. 정혜는 빈손으로 따라왔다. 9월 중순이었지만
가을보다는 여름에 더 가까운 날이었다. 햇빛이 쨍쨍했다. 물도 따
사로웠다.

"여기 발 담그고 아이스크림 먹던 게 엊그제 같은데."

명진이 중얼거렸다.

"엊그제? 난 한 십 년은 지난 것 같아."

주애가 대꾸했다. 나도 마찬가지였다. 겨우 석 달 전 일인데도 마치 몇 년은 흐른 듯 까마득하게 느껴졌다.

지난여름, 우리는 담임 선생님을 졸라 수업 시간에 냇가로 나왔다. 그러다 들키면 교장 선생님께 혼나, 선생님이 말했지만 우리가 포기하지 않고 끈질기게 조르자 마지못해 허락해주었다.

"복도는 조용히. 키득거리지 말고. 너희들은 지금 야외 수업하러 가는 거야."

다들 손에 교과서를 들었지만 그건 그저 눈속임용에 불과했다. 주번은 우리보다 한 발 앞서 매점으로 달려갔다.

"오늘만 놀고 내일부터 열심히 공부하는 거다! 알았지?"

아이스크림을 나눠주며 선생님이 말했다. 우리는 목청 높여 네! 대답했지만 그 시간 공부 따위를 생각하는 아이는 아무도 없었다. 아이스크림을 다 먹은 아이들이 하나둘 물속으로 들어갔다. 며칠 전 내린 비 때문에 물은 무릎께에서 찰랑거렸다. 물속으로 들어간 아이들은 곧 떼로 엉켜 물장난을 치기 시작했다. 한쪽에서는 서로를 넘어뜨리기 위해 소리를 지르며 싸우고, 다른 한쪽에서는 쫓기는 아이들과 쫓는 아이들이 노루처럼 물속을 뛰어다녔다.

"재밌어. 이리 와."

그새 온몸이 흠뻑 젖은 명진이 나를 불렀다. 동글동글한 자갈을 밟으며 물속을 걷던 나는 명진이 기다리는 전쟁터의 한가운데로 과감히 뛰어들었다. 그러고는 명진과 의기투합해 아이들을 하나씩 쓰러뜨리기 시작했다. 전사자가 속출했지만 아이들은 좀비처럼 금방 다시 살아나 명진과 나를 공격해왔다. 그렇게 전쟁이 한창 진행될 무렵이었다. 누군가의 비명 소리가 한여름 땡볕을 가르며 울려 퍼졌다. 소리가 어찌나 크고 날카로운지 우리는 휴전 협정도 없이 순식간에 전쟁을 멈추고는 그 자리에 우뚝 멈춰 섰다. 곧 또 다른 비명 소리가 들렸다.

"피다!"

"이 유리 좀 봐!"

"선생님 피 나요!"

한 아이가 물속에 주저앉아 있었다. 우리는 그 아이 주변으로 몰려갔다. 냇가에 앉아 있던 선생님이 고개를 빼고는 우리 쪽을 쳐다보았다. 하지만 물속의 사정이 보일 리 없었다.

"많이 다쳤어요! 못 일어나겠대요!"

누군가가 소리쳤다.

"거기 가만있어! 내가 갈게!"

선생님도 마주 소리쳤다. 어느새 바지 자락을 걷은 선생님이 물속으로 들어오고 있었다. 명진과 몇몇 아이들이 선생님 쪽으로 움직이기 시작했다. 나를 비롯한 나머지 아이들은 선두 그룹과 약간의 거리를 두고 뒤따랐다. 선생님이 거의 물 가운데까지 들어왔을 때였다. 선두 그룹 아이들이 와! 함성을 지르며 선생님을 향해 달려 나갔다. 하지만 선생님이 더 빨랐다. 미리 알고나 있었다는 듯 선생님은 재빨리 방향을 틀더니 물 밖으로 피신했다. 계획은 실패로 돌아갔다.

"조금만 더 기다렸으면 포위할 수 있었을 텐데 너무 서둘렀어."

대야에서 빨랫감을 꺼내며 내가 말했다. 정말 간발의 차였다. 명진의 손이 선생님의 와이셔츠 자락을 스쳤다.

"선생님이 그렇게 빠를 줄 몰랐지."

풀 죽은 목소리로 명진이 말했다. 그 연극을 기획하고 각본을 짠 사람이 명진이었다.

"네 달리기 실력을 과신한 건 아니고?"

"너 그때 선생님 놓치고 멍하게 서 있는 모습이 꼭 물에 빠진 오랑우탄 같았어."

혀를 쏙 내밀며 주애가 말했다.

"야, 오랑우탄은 너무 심하다."

명진이 항의했지만 물에 빠진 채 엉거주춤하게 선 우리 모습은 누가 봐도 우랑우탄 무리처럼 보였을 것이다. 웅크린 어깨와 늘어뜨린 팔 그리고 허탈한 표정. 사실은 우리조차도 서로의 몰골을 손가락질하며 웃음을 터뜨렸을 정도니까.

"이제 그만 떠들고 빨래나 하지?"

영주가 말했다. 영주는 어디서 커다란 돌 하나를 들고 오더니 그 위에 앉았다. 영주와 정혜는 우리와 반이 달랐다. 우리는 3반, 영주와 정혜는 1반이었다. 1반 담임은 융통성은커녕 엄격한 원칙주의자에다 보수적이기까지 한 40대 중반의 남자 선생님이었다. 타이가 조금만 삐뚤어져도 잔소리를 해댔다. 복도를 뛰어다니다 걸리는 날엔 여자가 어쩌고 하는 잔소리를 귀에 싹이 나도록 들어야 했다. 1반은 야외 수업 같은 건 꿈도 꿀 수 없었다.

"그래. 빨래하자, 빨래."

명진이 손뼉을 치며 말했다. 우리는 냇가에 나란히 앉아 빨래를 하기 시작했다. 정혜는 빨래하는 우리를 구경했다. 빨랫감은 많지 않았지만 금방 팔이 저리고 허리가 아팠다. 초보 자취생인 주애와 나는 손빨래에 익숙하지 않았다. 우리는 힘들다며 번갈아 소리를 질렀다. 나보다 주애가 더했다. 내가 아침마다 만원 버스에 실려 인간 지옥을 경험하며 등교할 때 주애는 엄마가 운전하는 승용차를 타고 편안하게 학교에 왔다. 집에 갈 때도 마찬가지였다. 40분 거리인 이웃 도시에서 주애의 엄마가 차를 몰고 주애를 데리러 왔다.

"손가락이 까졌어!"

주애가 비명을 질렀다. 나도 지지 않았다.

"난 손목이 부러질 것 같아!"

명진이 자리에서 벌떡 일어나더니 내게로 다가왔다. 왜? 물어도 눈만 찡긋할 뿐이었다. 설마 하는 사이 명진이 나를 밀쳐 물속으로 빠뜨렸다. 순식간에 벌어진 일이었다. 어느새 주애도 물속에서 허우적거리고 있었다. 명진이 말했다.

"이 나약해빠진 인간들아, 냇물 마시고 정신 차려라!"

나약해빠진 인간들 어쩌고 하는 것은 교련 선생님의 단골 멘트였다. 우리는 '우향앞으로가' '좌향앞으로가' 하다가도, 친구의 머리에 붕대를 감다가도 그런 훈계를 들어야 했다. 가끔은 군가의 가사를 까먹는 바람에 얼차려를 받으며 '너희들이 얼마나 나약해빠졌으면 군가 하나도 제대로 못 외우냐'고 혼나기도 했다.

주애와 나는 눈빛을 주고받았다. 물 밖으로 나가는 척하다 주애는 영주를 잡고 나는 명진을 잡았다. 그리고 동시에 물속으로 끌어들였다. 논개 작전은 멋지게 성공했다. 명진은 웃음을 터뜨렸고 영주는 젖은 옷을 내려다보며 얼굴을 찌푸렸다. 우리는 두 사람에게 물을 끼얹었다. 명진과 영주도 우리 쪽을 향해 손바닥으로 물을 쳐 올렸다. 그렇게 한바탕 물장난을 치며 놀았다. 정혜는 까맣게 잊고 있었다. 문득 정신을 차리고 둘러보니 정혜 혼자 우아하게 앉아 하늘을 바라보고 있었다.

"뭐 해?"

내가 물었다.

"방금 왜가리들이 떼로 지나갔어. 어디 소풍이라도 가나 봐."

정혜가 대답했다. 우리는 다시 빨래를 시작했다. 혼자 했으면 엄두도 안 났을 일이지만 여럿이 하니 빨래도 그렇게 나쁘지 않았다.

그날 밤이었다. 오랜만의 노동으로 지친 우리는 다들 일찍 잠자리에 들었다. 악바리 영주의 방마저 불이 꺼졌다. 우리가 그렇게 피곤하지만 않았어도 누군가 한 사람쯤은 밤손님의 기척을 알아챘을지도 몰랐다.

주애의 방이었다. 주애의 방을 골랐다는 것은 밤손님이 우리를 잘 알고 있다는 뜻이었다. 주애는 치장하기를 좋아했다. 얼굴도 우리 중에서 가장 예뻤다. 같은 교복을 입어도 우리와 달리 맵시가 났다. 사복일 때는 말할 것도 없었다. 게다가 비싼 옷만 입었다. 신발도 여러 켤레였고 가방도 여러 개였다. 기분에 따라 바꿔 신고 바꿔 멨다. 주애의 아버지는 이웃한 도시에 여러 개의 가게를 가지고 있었다. 생필품에서부터 의류와 가전제품까지 없는 게 없는 가게였다. 가게는 어느 곳이나 잘되었다. 주애네 집의 걱정거리는 딱 하나, 바로 주애였다. 주애는 공부를 못했다. 집이 이 도시도 아니면서 우리 학교로 온 것은 그 도시에서는 받아주는 곳이 없었기 때문이었다. 이 도시의 변두리 학교는 학생을 가릴 처지가 못 되었다.

"다 보고 있었어."

주애가 말했다. 그게 더 나빴다. 차라리 잠에서 깨지 않는 게 나았다. 하지만 주애는 잠에서 깼고, 방문을 비틀고 들어오는 밤손님을 보았다. 밤손님이 마루에서 방으로 들어오는 데는 시간이 제법 걸렸다. 소리 내지 않고 걸쇠를 풀어야 했다. 책받침으로 걸쇠를 쳐 올리면 탁, 하는 경쾌한 소리가 났다. 그러나 조금만 조심하면 소리를 최소화시킬 수 있었다. 밤손님은 프로가 아니었다. 그걸 몰랐다. 걸쇠를 풀기 위해 끙끙거리던 밤손님은 결국 방문을 비틀어서 한 사람이 드나들 수 있는 공간을 만들었다. 주애는 그 과정을 다 지켜보고 있었다.

"소리를 지르지 그랬어!"

명진이 다그쳤다.

"목소리가 나와야 말이지. 몸도 안 움직이고."

주애는 꼼짝할 수 없었다. 너무 무서워서 목소리도 나오지 않았다. 눈만 움직였다. 마침내 밤손님이 방으로 들어왔을 때 주애는 눈을 감았다. 주애가 깨지 않았다고 확신한 밤손님은 방을 뒤져 챙길 만한 것은 다 챙겼다. 그런 뒤 주애 옆에 앉아 주애의 얼굴을 쓰다듬었다. 그때 화장실에 가기 위해 명진이 밖으로 나오지 않았다면 주애는 다른 것을 잃을 수도 있었다. 명진이 소리쳤다.

"누구야!"

밤손님이 방에서 뛰쳐나갔다. 명진과 부딪혔지만 넘어진 것은 명진뿐이었다. 밤손님은 뜀틀을 넘듯 한 손으로 담을 짚고는 훌쩍 뛰어넘어 어둠 속으로 사라졌다. 고무대야가 구름판 역할을 했다. 그제야 주애는 울음을 터뜨렸다. 그 뒤 며칠 동안 주애는 명진의 방에서 잤다. 어둠을 두려워하게 되었고, 학교에서 자취방까지의 짧은 거리도 혼자 다니지 못하게 되었다. 방문 안쪽에는 자물쇠를 두 개나 달았다. 우리도 각자 방에다 걸쇠를 하나씩 더 달았다. 그리고 밤손님으로 추정되는 남자를 감시하기 시작했다.

주애가 그 남자를 지목했다. 어딘가 음침해 보이는 20대 초반의 남자였다. 그는 부모님과 함께 농사를 지었다. 일을 하지 않을 때는 자기 집 대문 앞에 앉아 지나가는 사람들을 쳐다보았다. 그 눈에 적의가 흘러 넘쳤다. 우리를 쳐다볼 때는 특히 더 그랬다. 자주는 아니지만 그는 술을 마셨다 하면 꼭 난동을 부렸다. 대상은 주로 그의 부모님이었다. 그의 부모님은 그를 고등학교에 보내지 않았다. 대신 어린 나이에 농사꾼으로 만들었다. 그의 형들은 모두 대학까지

나와 대도시에서 살았다. 그의 집이 가난한 것도 아니었다. 콤바인을 가진 집은 마을에서 그 집 하나뿐이었다. 다른 집들은 그 집의 콤바인을 빌려 썼다. 그러므로 막내아들을 왜 고등학교에 보내지 않는지는 아무도 알지 못했다. 다만 그의 부모님이 지독한 구두쇠라는 데서 이유를 추측할 뿐이었다. 어쩌면 아들 셋을 다 공부시킬 필요는 없다고 생각했는지도 몰랐다. 그는 술에 취하면 부모님에게 원망과 저주의 말을 쏟아냈다. 부모님은 무반응으로 일관했다. 아들이 소리를 지르든 말든, 옆집 사람들이 담 너머로 쳐다보든 말든 상관하지 않았다. 그게 그의 화를 더 키웠다. 그는 세숫대야나 자전거를 집어 던졌다. 두레박도 던졌고 곡괭이도 던졌다.

주애가 그를 지목했다.

"확실한 거지?"

명진이 물었다. 주애가 고개를 끄덕였다.

"틀림없어. 새까만 얼굴이 문틈으로 보였어."

겁에 질린 얼굴로 주애가 말했다. 그날 밤은 달이 밝았다. 게다가 주애는 사람의 얼굴을 잘 기억했다. 한번 본 것은 물건이든 사람이든 잘 잊지 않았다. 주애가 잘못 보았을 리 없었다. 그리고 더 확실한 것은 그의 얼굴이 다른 사람들보다 특히 더 까맣다는 거였다. 우리는 학교에 오가며 그가 어디에 있는지, 무엇을 하는지 살피기 시작했다.

한 달 뒤로 날을 잡은 것은 명진이었다. 명진이 말했다.

"우리라는 걸 눈치 못 채게 해야 돼."

앙갚음을 당할지도 모른다는 뜻이었다. 가장 중요한 건 뒤에 우리가 있다는 걸 몰라야 했다. 좀 과격한 아이들의 우두머리인 선애에게 부탁할 때도 명진은 그 점을 분명히 했다. 선애의 남자 친구는 고등학교 3학년으로 그 학교의 짱이었다. 주먹으로는 이 도시에서 대적할 자가 없었다. 직접 본 것은 아니지만 소문이 그랬다.

주애의 방에 밤손님이 든 한 달 뒤 선애의 남자 친구는 패거리를 이끌고 우리 자취촌으로 잠입했다. 그리고 밭에서 돌아오는 남자를 끌고 마을 뒷산으로 갔다.

"경고는 확실하게 해야 하는 거 알지?"

명진이 말했었다. 최근 몇 달 사이에 밤손님의 방문을 받은 자취생이 세 명이나 되었다. 세 건 모두 까만 얼굴의 남자가 한 짓인지는 확실하지 않았다.

"상관없어. 주애 방에 들어온 건 어쨌거나 그 남자가 맞으니까. 다른 도둑들에게 본보기를 보이기 위해서라도 확실하게 경고를 해줘야 해."

다시 한 번 명진이 강조했다. 마을 뒷산으로 끌려간 남자는 죽도록 얻어맞았다. 남자가 쓰러지자 선애의 남자 친구가 마지막으로 경고했다.

"이 마을은 오늘부터 내가 접수한다. 한 번만 더 내 밥그릇에 숟가락 넣었다가는 죽는다."

그렇게 말했다는 건 선애가 전해주었다. 까만 얼굴의 남자는 2주일가량 자리에서 일어나지 못했다. 그가 다시 대문 앞에 나앉았을 때 우리는 보았다. 그의 얼굴은 더 어두워졌고 눈 속의 적의는 더 깊어져 있었다. 우리는 그를 보는 게 편하지 않았다. 그 눈을 대하는 게 두려웠다. 우리는 남자와 마주치지 않기 위해 한동안 마을을 빙 돌아서 학교에 갔다.

무엇보다 의리

1

중간고사가 끝난 10월의 첫번째 토요일이었다. 나는 마루에 앉아 왜가리 울음소리를 듣고 있었다. 여러 마리가 한꺼번에 울 때는 다만 괴기스러울 뿐인데 한 마리가 우는 소리는 아무리 들어도 새가 내는 소리라기보다는 나이 든 여자가 누군가를 애타게 부르는 소리처럼 들렸다. 간절하게, 때로는 절박하게. 그 소리를 듣고 있으면 왠지 슬퍼졌고 기운이 쭉 빠지면서 무기력해졌다. 사는 게 다 뭔가, 회의가 들기도 했다.

"왜가리 때문이 아니라 네 머릿속이 문제야."

며칠 전 명진이 명쾌하게 결론을 내렸다.

"우울 인자가 남들보다 많은 거지. 아니면 가을을 타는 거든가."

나는 긍정도 부정도 하지 못했다. 학년 초부터 쭉 자취를 해온 명진은 왜가리 울음소리가 아무렇지도 않다고 했다. 영주도 마찬가지였다. 영주는 오로지 왜가리 때문에 공부에 방해를 받는 것에만 불만을 가지고 있었다. 우리 중 가장 감상적인 주애조차도 왜가리가 왜? 오히려 되물으며 의아한 듯 나를 보았다. 다들 아무렇지 않은데 왜 나만 우울해지는지 알 수가 없었다. 내가 한숨을 쉬자 명진이 방에서 나오더니 물었다.

"너 집에 안 갈 거지? 그럼 우리 집 갈래?"

"너희 집?"

명진이 고개를 끄덕였다. 명진은 엄마를 돕기 위해 매주 집으로 갔다. 명진의 엄마는 이 도시의 끝에서 닭집을 운영했다. 닭집은 상설시장 입구에 있었다. 장을 보러 온 사람들이 생닭이나 튀긴 닭을 사갔다. 명진에게는 아버지가 없었다. 대신 외할머니가 있었다. 관절염에 당뇨까지 앓고 있는 외할머니는 집안일만으로도 힘겨워했다. 동생들은 너무 어렸다.

"우리 엄마가 튀긴 닭 안 먹어보고 싶어?"

먹어보고 싶기는 했다. 그래도 선뜻 가겠다는 말이 나오지 않았다. 나는 아무 대답도 안 했는데 내 침묵을 오케이 사인으로 받아들인 명진이 호객 행위를 하듯 말했다.

"더 갈 사람 없어? 정혜하고 영주, 너희들도 갈래? 우리 엄마는 걱정 안 해도 돼. 친구들 데려오는 거 좋아하셔서."

"나도 가고 싶은데……"

마루에 배낭을 내려놓으며 주애가 말했다. 명진은 그저 웃기만 했다. 마음은 알지만 그게 가능하겠냐는 뜻이었다. 시험 기간을 제외하고 주애도 매주 집으로 갔다. 주애네 승용차가 토요일마다 주애를 데리러 왔다. 주애는 매주 토요일 오후와 일요일 오전에 과외를 받았다. 고액 과외였다. 법을 어기는 일이었지만 예전처럼 감시가 심하지는 않았다. 과외는 공공연하게 행해졌다. 주애는 주말이되어도 집 밖으로 나가지 못했다. 과외 선생 외에는 누구도 만나지못했다. 주말 내내 과외만 받다가 다시 승용차에 실려 자취방으로왔다. 이상한 것은 그렇게 공부를 하는데도 성적이 오르지 않는다는 점이었다.

"정혜 넌?"

명진이 물었다. 정혜는 좋다고 했다. 정혜는 특별한 경우가 아니면 주말에도 자취방에 남아 있었다.

"난 아직 대답 안 했어."

내가 말했다.

"넌 됐고. 영주 너도 갈 거지?"

명진이 내 말을 싹둑 자르더니 영주에게 물었다. 영주는 수돗가에서 세수를 하고 있었다. 마당의 빨랫줄에는 영주의 옷들이 주렁주렁 널려 물방울을 떨어뜨리고 있었다. 영주 역시 주말이 되어도집에 가지 않았다. 간다 하더라도 밑반찬만 챙겨 금방 돌아왔다. 가뜩이나 좁은 방, 할머니와 동생들에게 피해를 주지 않기 위해서였다. 수건으로 얼굴을 닦으며 영주가 말했다.

"못 가. 공부해야 돼."

"시험 끝났잖아."

주애가 입을 삐죽이며 말했다.

"난 너희들이랑 달라. 장학금 받아야 해."

우리는 입을 다물었다. 분위기는 무겁고도 숙연해졌다. 중간고사가 끝나자마자 또 곧장 공부에 매달려야 하는 영주의 처지를 우리는 잘 알고 있었다. 영화 보러 가자고 했다가도, 야자 땡땡이치자고 했다가도, 시내로 놀러 가자고 했다가도 영주가 장학금 받아야 해, 한마디만 하면 우리는 어느새 숙연한 얼굴로 입을 다물었다. 시내의 더 좋은 여고로 갈 수 있었음에도 영주가 우리 학교를 택한 것은 장학금 때문이었다. 그러나 영주가 목표로 하는 것은 장학금만이 아니었다. 학교는 성적에 따라 장학금뿐만 아니라 생활비까지도 지원했다. 영주의 아버지는 영주에게 생활비를 줄 수 없었다. 주고 싶어도 줄 돈이 없었다. 영주의 오빠를 뒷바라지하는 것만으로도 벅차했다. 영주는 학교로부터 생활비를 받았다. 영주의 성적이 곧 영주의 밥줄이었다. 영주의 성적에서 등록금이 나오고 밥이 나왔다. 그런 이유에서 영주는 코피가 터지도록 공부를 해야 했다.

"미안, 내가 또 깜빡했네."

명진이 말했다. 영주만 남겨두고 우리는 집을 나섰다. 주애와는 학교 앞에서 헤어졌다. 주애의 엄마가 교문 앞에 서 있었다. 아쉬워하는 주애를 주애의 엄마가 승용차 안으로 밀어 넣었다. 주애가 떠난 뒤 우리는 버스 정류장으로 향했다.

간판은 없었다. 출입문에 '닭집'이라고만 쓰여 있었다. 우리가 가게 안으로 들어갔을 때 명진의 엄마는 닭을 튀기고 있었다. 명진이 우리를 소개했다.

"어서들 와라."

명진의 엄마는 기름 묻은 얼굴로 웃었다. 가게로 손님들이 들어왔다. 우리는 안쪽으로 비켜섰다. 닭을 보관하는 냉장고는 가게 안 깊숙한 곳에 있었다. 명진의 엄마는 냉장고와 기름 솥 사이를 뛰어다녔다. 손님들이 간 뒤 명진의 엄마가 말했다.

"오랜만에 친구들 데려왔구나. 배고프겠다. 얼른 닭 튀겨줄게."

우리가 점심을 먹었다고 해도 명진의 엄마는 닭 두 마리를 기름 솥에 넣었다. 닭이 익을 동안 우리는 가게를 구경했다. 탁자는 두 개였다. 자그마한 방도 하나 있었다. 안쪽으로 들어간 우리는 생각보다 가게가 크다는 것을 알았다. 노출된 공간보다 노출되지 않은 공간이 더 넓었다. 좁은 통로를 지나 가게 안쪽으로 들어가자 제법 널따란 공간이 나타났다.

"부엌이야. 여기서 닭을 손질해."

명진이 말했다. 우리는 고개를 끄덕였다. 닭을 손질한다는 명진의 말을 우리는 건성으로 들었다. 피 묻은 닭을 기껏 물로 헹구는 정도라고 생각했다. 명진이 하는 일도 손님에게 닭을 내주고 돈을 받는 정도라고 생각했다. 하지만 아니었다. 우리가 사이다와 함께 통닭을 다 먹고 났을 때 닭들이 도착했다. 가게 옆쪽에 출입문이 또 하나 있었다. 트럭에서 운전기사가 내리더니 닭들을 부엌으로 옮기기 시작했다. 하얗게 발가벗은 닭들이 목을 길게 늘어뜨린 채 부엌

바닥에 쌓여갔다. 엄청난 양이었다. 얼핏 봐도 백 마리는 될 것 같았다. 명진이 비닐로 된 앞치마를 두르고 나타났다. 고무장갑 낀 손에는 무시무시하게 생긴 식칼이 들려 있었다.

"설마 네가……?"

대답이 뭐 필요하냐는 듯 명진이 씩 웃더니 곧바로 닭을 손질하기 시작했다. 식칼을 높이 쳐들었다가 아래로 탁! 내려쳐 대가리를 잘라냈다. 다시 식칼을 높이 쳐들었다가 아래로 탁! 탁! 닭발을 잘라냈다. 그런 다음 배를 가르고 내장을 빼냈다. 내장은 몸통에서 잘 떨어지지 않았다. 칼집을 먹인 다음 한 손으로 움켜잡고 온 힘을 다해 뜯어냈다. 너무 힘을 준 탓인지 명진의 얼굴이 복사꽃처럼 붉게 달아올랐다. 옆에 서 있던 나는 슬그머니 고개를 돌렸다. 정혜가 말했다.

"명진이 너 정말 대단하다!"

명진이 다시 씩 웃었다. 정혜도 따라 웃었다. 나는 웃지 못했다. 명진의 솜씨는 능숙해 보였다.

"언제부터 이 일 했어?"

호스로 졸졸 물을 흘려주며 내가 물었다.

"중학교 이학년 때부터. 주말에만 내가 도와드리고 평일에는 엄마가 했어."

명진의 앞치마는 어느새 피로 물들어 있었다. 중학교 2학년 때 내가 뭘 했던가를 떠올려보았다. 그 나이에 나는 툭하면 엄마나 아버지와 싸우고, 원하는 걸 들어주지 않으면 밥을 먹지 않겠다고 협

60

박했다. 한 번은 자퇴 선언을 해서 엄마의 억장을 무너뜨렸고, 또 한 번은 컴퓨터를 사주지 않는 아버지의 가슴에 대못을 박았다. 내가 그렇게 사는 동안 명진은 엄마를 돕기 위해 닭의 대가리를 잘라 내고 보기만 해도 징그러운 닭의 배를 갈라 내장을 빼냈다.

"아버지가 안 계시니 어쩔 수 없지 뭐. 사실 나 이 일 되게 싫었어. 우리 엄마한텐 비밀이야. 지금은 많이 나아졌는데 중학교 땐 그랬어. 애들이 닭 냄새 난다고 놀렸거든. 왜 하필 엄마는 다른 장사 다 놔두고 닭집을 할까 원망도 했고. 아니면 적어도 손질된 닭이라도 사지, 투덜거렸어. 원가를 조금이라도 낮추기 위해서라는 걸 알면서도. 이젠 다 지난 일이야. 지금은 괜찮아."

명진이 우리를 올려다보며 방긋 웃었다. 명진의 해맑은 웃음이 눈을 찔렀다. 그런데도 도와주겠다는 말이 나오지 않았다. 오돌토돌 닭살 오른 닭을 집을 용기가 나지 않았다. 대가리를 바닥으로 늘어뜨린 채 다른 닭들 위에 엎어져 있는 걸 보는 것만으로도 내게는 고역이었다.

"얘네 이렇게 벗겨놓으니까 되게 귀엽다."

손가락으로 닭을 쿡쿡 찌르며 정혜가 말했다. 나는 뜨악한 얼굴로 정혜를 보았다.

"그렇게 말하는 네가 나는 징그럽다."

내가 핀잔을 주자 정혜가 웃음을 터뜨렸다. 정혜의 웃음소리가 부엌을 공명통 삼아 크게 울렸다. 정혜는 남들이 웃을 때 웃지 않고 남들이 웃지 않을 때 곧잘 웃었다. 언젠가 정혜가 말했다.

"할머니 말이, 내가 엄마하고 아빠를 반반씩 닮았대. 안 웃긴 상황인데 웃는 건 엄마를, 웃긴 상황인데 안 웃는 건 아빠를 닮았다는 거야. 엄마는 지나가던 개가 재채기만 해도 웃는 사람이고, 아빠는 다른 사람들이 다 웃을 때도 혼자 웃지 않는 사람이거든. 그러니까 난 엄마 아빠 딸이 확실한 거야."

작업이 3분의 1쯤 진행됐을 때 명진의 엄마가 부엌으로 들어왔다. 남은 닭을 둘러보더니 명진에게 말했다.

"이제 됐으니까 친구들하고 나가서 놀아."

정혜와 나는 괜찮다고 했다. 부엌에 진동하는 피 냄새가 역겹기는 했지만 명진의 일을 방해할 생각은 없었다. 명진은 우리를 돌아보았다. 망설이는 듯했다. 명진의 엄마가 명진의 손에서 고무장갑을 벗겼다. 명진은 순순히 따랐다.

우리는 밖으로 나왔다. 그사이 하늘이 벌겋게 물들어 있었다. 해가 빌딩 너머로 모습을 감추는 중이었다.

"낮이 많이 짧아졌어."

정혜가 중얼거렸다. 명진과 나는 말없이 고개를 끄덕였다. 낮이 짧아진다는 건 우리에게 결코 유쾌한 일이 아니었다. 그것은 겨울이 다가온다는 뜻이었고, 우리가 곧 2학년이 된다는 뜻이었다. 2학년이 된다는 것은 토요일 오후의 자유 시간이 없어진다는 뜻이었고, 체육이나 음악 혹은 미술 시간이 영어와 수학으로 대체된다는 뜻이었고, 아침 수업과 보충 수업, 야자를 절대로 빼먹을 수 없다는 뜻이었다. 종합하자면 2년 동안 지옥에서 살아야 한다는 뜻이었다.

"난 이학년 되기 싫어."

그렇게 말한 사람은 나였다. 이번에는 명진과 정혜가 말없이 고개를 끄덕였다.

시장을 벗어나자 대학가가 나타났다. 골목 양쪽으로 술집들이 늘어서 있었다. 정혜도 나도 그렇게 많은 술집들이 한곳에 모여 있는 건 처음 보았다. 술집마다 사람들로 꽉 차 있었다. 대부분 대학생들이었다. 대학생들이 이 골목의 술집들을 먹여 살렸다. 또한 대학생들 때문에 피해를 보는 것도 이 골목의 술집들이었다. 명진이 말했다.

"여기가 전경과 학생 들의 격전지야. 학교 안으로 몰아넣으려는 전경들과 시내로 진출하려는 학생들이 부딪치는 곳이지. 최루탄과 화염병이 막 날아다녀. 데모 끝나고 와보면 완전 엉망진창이야. 술집들 유리창은 다 깨지고 간판은 찌그러지고. 누구한테 보상받을 수도 없으니 술집 주인들만 죽을 맛이지. 특히 올해는 더 심했어. 대학생들 분신자살한 건 뉴스에서 봤지? 우리 엄마 말이, 학생들이 너무 많이 죽었대. 이러다 나라 망하는 거 아니냐고 시장 사람들이 수군거린대."

나도 알고 있었다. 대학생들의 분신자살 사건은 뉴스에서 심심찮게 보았다. 그런 뉴스가 전해질 때면 아버지는 슬그머니 고개를 돌렸고 엄마는 길게 혀를 찼다. 꽃다운 목숨이 또 저렇게 가는구나…… 저 애 부모는 어떡하니……, 엄마가 중얼거리고는 했다. 그런 다음 우리에게 신신당부했다. 마지막 불똥은 늘 나한테 튀었다.

"저 근처에는 절대로 가지 마라. 호기심에라도 가볼 생각하지마. 특히 현진이 너 말이야. 머리 좀 컸다고 깝죽거리다간 잡혀가는 수가 있어."

"너희들은 대학 가면 데모할 거야?"

내가 물었다. 정혜가 먼저 무심한 목소리로 대답했다.

"상황 봐서."

"일단 대학이나 갔으면 좋겠다. 대학에 붙어야 데모할 자격이라도 생기지."

명진의 말이었다. 우문현답이었다.

"너 잘났다."

"잘난 거 알았으면 됐고. 일단 밥이나 먹자, 데모는 나중에 생각하고."

명진이 우리를 이끌었다. 명진의 손에 우리의 밥값과 유흥비가 쥐어 있었다. 명진의 엄마가 나가서 놀라고 준 돈이었다. 오늘 저녁은 명진이 우리의 왕이었다. 왕이라고 해서 권력을 행사할 수 있는건 아니지만. 의견은 밥을 먹고 난 뒤 어디로 갈 것인가에서 갈렸다. 정혜는 락카페에 가고 싶다고 했다. 명진은 노래방에 가야 한다고 우겼다. 나는 대학생들이 주로 가는 술집에 한번 들어가보고 싶었다. 의견이 좁혀지지 않았다. 각자 제 주장만 떠들어댔다.

가장 먼저 탈락 위기에 놓인 것은 락카페였다. 락카페는 고등학생이 들어갈 수 없는 곳이었다. 말만 다를 뿐 나이트클럽이나 마찬가지였다. 차이점이 있다면 락카페에는 비교적 젊은 축이, 나이트

클럽에는 나이 든 사람들이 간다는 것과 당연한 결과이지만 선곡되는 음악이 다르다는 것뿐이었다. 어차피 다 술 마시고 춤추는 곳이었다.

다음으로 탈락 위기에 놓인 것은 술집이었다. 술집 역시 고등학생이 들어갈 수 없는 곳이었다. 그렇다고 노래방이 크게 유리한 것도 아니었다. 노래방 또한 미성년자 출입금지 구역이기는 마찬가지였다. 정복을 입은 경찰들이 수시로 노래방을 단속했다. 손님들의 주민등록증을 검사하고 노래방의 음주 판매 여부를 체크했다. 성년은 고사하고 우리에게는 아직 주민등록증조차 없었다.

"그러니까 오히려 잘됐다는 거야. 우리가 미성년자라는 걸 증명할 방법이 없잖아. 주민등록증은 집에 있다고 우기면 돼."

명진이 열을 올리며 말했다. 나는 즉각 반대 의견을 내놓았다.

"경찰이 그렇게 단순한 줄 알아? 차라리 술집이 안전해. 경찰이 술집에서 주민등록증 검사하는 거 봤어?"

"봤어."

명진이 대답했다.

"그건 주로 나이트클럽이나 락카페잖아. 아니면 고급 술집 정도지. 허름한 데는 상대도 안 해."

"네가 어떻게 그렇게 잘 아냐?"

"텔레비전에 만날 나오잖아."

"텔레비전하고 현실하고 같냐?"

"현실을 반영한 게 드라마고 현실을 그대로 보여주는 게 뉴스잖아."

"드라마 같은 소리 하고 있네."

그때였다. 내내 조용하던 정혜가 말했다.

"세 군데 다 가면 되잖아. 돈이 문제라면 나한테 있어."

"그런 방법이 있었구나!"

명진과 내가 동시에 외쳤다. 그러다 곧 우리는 입을 다물고 말았다. 문제가 해결되고 나자 이번에는 서로 머뭇거렸다. 갈 수 없다고 생각될 땐 오로지 가는 것만이 중요해 보였다. 그러나 이제 갈 수 있다고 생각되자 현실적인 걱정거리들이 우리 발목을 잡았다. 경찰한테 걸리면? 종업원이나 주인한테 들키면? 그래서 학교로 연락이 가면? 퇴학까지는 아니더라도 최소한 몇 주 정학감일 게 뻔했다. 정학에다 수십 장의 반성문을 써야 할지도 몰랐다. 그런 예들은 얼마든지 있었다. 지난달 우리 반 아이 하나는 미성년자 관람불가 영화를 보다 선생에게 잡혔다. 그 아이는 사흘 정학과 함께 하루에 한 장씩, 30장의 반성문 쓰기라는 벌을 받았다. 또 다른 아이 하나는 빵집에서 미팅을 하다 걸렸다. 반성문 50장이라는 어마어마한 벌이 내려졌다. 문제는 매일 한 장씩 제출하는 반성문의 내용이 다 달라야 한다는 것이었다. 그것은 생각만 해도 끔찍한 일이었다. 영어, 수학 다음으로 내가 싫어하는 게 작문 시간이었다. 주제와 제목이 주어지는 작문이라니! 작문 시간만 되면 배가 살살 아프고 두통이 생겼다. 그것은 명진도 마찬가지였다.

"싫어? 그럼 나 혼자 갈까?"

정혜가 말했다. 명진과 나는 선뜻 대답을 못하고 서로 눈치만 보았다. 정혜 혼자 보낼 수는 없었다. 종업원이 몇 살이냐고 물으면 곧이곧대로 열일곱 살이에요, 대답할 사람이 정혜였다. 명진과 나는 눈빛을 주고받은 뒤 양쪽에서 동시에 정혜의 팔짱을 꼈다.

"가자."

명진이 말했다.

"아아, 우리는 정말 용기 없는 중생들이구나."

내가 탄식했다. 어디로 가는 거야? 정혜가 물어도 우리는 말해주지 않았다. 가는 길에 분식집에 들러 김밥과 떡볶이를 샀다. 우리가 도착한 곳은 대학 교정이었다. 어둠 내린 교정 곳곳에 대학생들이 둘러앉아 노래를 부르거나 술을 마시고 있었다. 운동장 구석에서는 축제 준비가 한창이었다. 주점용 천막을 치는 일이었다.

우리는 본관 앞 계단에 앉아 김밥과 떡볶이를 먹으며 대학생들을 구경했다. 명진은 대학생들이 부르는 노래를 따라 불렀다. 정혜와 내게도 가르쳐주었다. 노래는 어렵지 않았다. 멜로디가 단순했다. 정혜와 나도 금방 따라 불렀다. 가사가 생각나지 않으면 아무렇게나 지어 불렀다. 사방이 시끌시끌했으므로 누구도 우리에게 신경쓰지 않았다. 우리는 목청을 높였다. 우리가 누릴 수 있는 자유란 고작 그런 정도였다. 그래도 우리는 해방감을 느꼈다. 그 순간에는 학교고 공부고 다 잊고 오직 노래 부르는 일에만 열중했다.

2

자취 집 할아버지가 다리를 다쳤다. 슈퍼에서 나오다 계단을 헛디뎌 넘어졌다고 했다. 일어나지 못하는 할아버지를 간신히 일으켜 앉힌 뒤 슈퍼 아주머니는 달렸다. 슈퍼 아저씨를 찾기 위해서였다. 정자나무 아래서 장기를 두고 있던 아저씨가 붙들려 왔다. 손에는 아직 장기 알이 들려 있었다. 아저씨는 할아버지를 택시에 태워 병원으로 달려갔다. 엑스레이 사진을 들여다보던 의사는 뼈에 금이 갔다고 말했다. 할아버지의 오른쪽 다리에는 압박붕대가 감겼다. 모두 우리가 학교 간 사이에 일어난 일이었다. 그리고 우리에게 그 이야기를 해준 사람은 옆집 할머니였다. 할머니가 말했다.

"늙으면 죽어야지…… 죽지도 못하고 덜컥 앓아누우면 자식들만 고생이지……"

우리 중 할아버지의 나이를 아는 사람은 아무도 없었다. 다만 일

흔은 넘지 않았을까, 짐작만 할 뿐이었다. 그렇게 말하는 할머니도 할아버지만큼 나이 들어 보였다. 정혜와 나는 아무런 대꾸도 못하고 멍하니 서 있기만 했다. 때마침 영주가 대문 밖으로 나오더니 왜 이리 늦느냐고 타박했다.

"물이 와야 밥을 하고 찌개를 끓이지. 이러다 야자시간에 늦겠어."

정혜와 나는 다시 두레박으로 우물물을 퍼 올리기 시작했다. 할머니는 영주 눈치를 흘끔 보더니 노인네가 밥은 먹었나 몰라, 중얼거리며 우리 자취 집으로 들어갔다.

할아버지는 방 안에 누워 있었다. 뼈에 금이 간 정도라지만 저녁 내내 방 밖으로 한 발짝도 나오지 않았다. 용변은 요강으로 해결했다. 문을 닫고 있어도 오줌 누는 소리가 마당까지 들렸다. 우리가 밥을 하고 찌개를 끓여 저녁을 먹을 때까지도 할아버지의 자식들은 오지 않았다. 움직이지 못하는 할아버지를 위해 옆집 할머니가 죽을 끓여 왔다. 우리가 밥을 먹을 동안 할아버지는 죽을 먹었다.

이튿날 아침이었다. 정혜와 주애가 식사 당번이었다. 우리는 시간을 절약하기 위해 당번제를 두고 다 함께 식사를 했다. 어제저녁 당번은 영주와 정혜였다. 오늘 아침 당번은 정혜와 주애, 저녁은 주애와 나, 내일 아침은 나와 명진, 저녁은 다시 명진과 영주였다. 그렇게 당번이 돌아갔다. 이것을 생각해낸 사람은 정혜였다. 홀수 인원 때문에 고민하던 우리는 정혜를 존경의 눈빛으로 쳐다보았다.

아침을 먹고 도시락까지 다 쌌는데도 밥솥에 밥이 가득 남았다. 찌개도 남았다. 그것은 흔치 않은 일이었다. 아침과 저녁의 쌀 양이 정해져 있었다. 실수를 줄이기 위해서였다. 밥이 남으면 누군가는 다음 식사에서 찬밥을 먹어야 했다. 쌀 양을 정해놓은 뒤부터는 밥이 남는 일이 줄었다.

"정혜 너 맞지?"

영주가 말했다. 다른 말은 필요 없었다. 그 한마디에 모든 질책이 다 들어 있었다. 그 한마디에 벌써 정혜는 고개를 들지 못했다. 영주는 매사에 철저했다. 실수를 거의 하지 않았다. 그러나 그런 영주도 어쩌다 한 번씩 실수할 때가 있었다. 그러면 자신에게 가차 없이 벌을 내렸다. 한 번은 이런 일이 있었다. 체육시간에 영주 혼자 체육복을 가져오지 않았다. 분명히 가방에 넣었다고 생각한 체육복이 잘 개켜진 채 방에 그대로 놓여 있었다. 52명이 노란색 체육복을 입을 때 영주 혼자 하얀색 교련복 바지와 하얀색 블라우스를 입었다. 교련복 바지를 입으라고 한 사람은 체육 신생님이었다. 선생님은 영주를 혼내지 않았다. 영주는 우등생 중에서도 우등생이었다. 정작 영주를 혼낸 사람은 영주 자신이었다.

"다들 계란 노른잔데 나 혼자만 흰자가 된 기분이었어."

그날 자취방으로 돌아온 영주는 회초리로 자신의 허벅지를 때렸다. 우리 모두 나서서 말렸지만 소용없었다. 꿇어앉은 채 회초리로 자신의 허벅지를 때리는 영주의 모습은 무섭기까지 했다. 종아리였으면 무서움이 좀 덜했을지도 몰랐다. 그런 장면은 책이나 텔레비전에 자주 나오는 것이었다. 하지만 교복 치마 아래로 드러나는 종아리에 상처를 낼 수는 없었다. 허벅지의 회초리 자국은 1주일이

넘도록 없어지지 않았다. 자신에게 혹독한 것은 그뿐만이 아니었다. 납득할 만한 사정없이 하루의 공부량을 채우지 못하면 밥을 굶었다. 밥을 먹기 위해 하는 공부이면서도 목표량을 채우지 못하면 굶기를 밥 먹듯 했다. 그런 영주가 정혜를 노려보고 있었다. 우리는 진심으로 안타까워하며 정혜를 보았다. 이제 한동안 제대로 시달리겠구나……

그때 정혜가 싱긋 웃으며 고개를 들었다.

"이거 할아버지 아침과 점심이야. 그리고 내 점심."

"뭐?"

그렇게 물은 사람은 명진이었다. 우리는 어리둥절한 얼굴로 정혜를 바라보았다.

"나 오늘 학교 안 가."

"왜?"

우리는 어리둥절한 표정을 풀지 못했다.

"선생님이 물으면 할아버지 간호한다고 말해줘."

정혜는 태연했다. 우리는 각자 물음표를 수십 개씩 눈가에 달고는 정혜를 보았다. 할아버지를 간호한다고? 그것은 쉬운 일이 아니었다. 냄새 때문이었다. 할아버지 방에서는 곰팡이 냄새와 지린내와 또 각종 알 수 없는 이상한 냄새들이 났다. 방 앞만 지나가도 냄새를 맡을 수 있을 정도였다. 그런데 평소에도 심했던 냄새가 하룻밤 사이에 더 심해졌다. 요강 때문이었다. 오늘 아침 주애는 밥상머리에서 평소보다 더 많은 향수를 뿌려댔다. 덕분에 우리는 할아버지 냄새뿐 아니라 밥맛도 찌개 맛도 못 느끼며 식사를 했다. 하지만 아무도 냄새 얘기는 하지 않았다. 벽 바로 너머에 할아버지가 있었다. 내가 말했다.

"옆집 할머니가 틈틈이 들여다본다고 했잖아."

"어쨌든."

"할아버지는 핑계고 너 학교 가기 싫어서 그러지?"

명진이 알 것 같다는 웃음을 흘리며 물었다. 정혜는 대답 없이 미소만 지었다. 그때 주애가 손뼉을 짝 치며 말했다.

"나도 같이 간호하면 되겠다!"

우리는 돌아가며 주애의 등짝을 때려주었다. 그날 정혜는 기어코 학교에 가지 않았다. 다음 날도 가지 않았다. 그다음 날도 가지 않았다. 정혜가 정말 할아버지를 간호했는지는 알 수 없었다. 하나 분명한 것은 아침에 남았던 밥이 저녁에 돌아오면 말끔히 비워져 있다는 것이었다. 그러므로 적어도 밥 공양은 충실히 한 셈이었다. 사흘 결석한 정혜는 벌을 받기는커녕 나중에 학교로부터 선행상을 받았다. 한동안 주애는 그때 같이 결석하지 못한 것을 억울해했다.

다리를 다친 뒤부터 부쩍 할아버지의 잔소리가 늘었다. 일요일 저녁이면 자취촌의 자취생들이 하나둘 우리 공화국으로 모여들었다. 허한 마음을 달래기 위해서였다. 이상하게도 집에만 갔다 오면 왠지 쓸쓸하고 마음이 허허로웠다. 증세도 다양해서 어떤 아이는 외로움을, 어떤 아이는 슬픔을, 또 어떤 아이는 삶의 무의미함을 느

껐다. 북적거리는 가족 속에 있다가 갑자기 혼자 뚝 떨어져서 그런지도 몰랐다. 어쨌거나 자취생들에게는 일요일 저녁이 1주일 중 가장 견디기 힘든 시간이었다. 여럿이 모여 수다라도 떨어야 허함을 덜 느낄 수 있었다. 그것은 한 달에 한 번 잠깐 집에 들렀다 오는 영주도 마찬가지였다. 다른 일요일에는 아이들이 찾아오면 혼자 학교에 가 공부를 했지만 마지막 주 일요일 저녁엔 어김없이 집에 남아 있었다. 우리가 부르면 못 이기는 척 아이들이 모여 있는 방으로 건너왔다.

먹을거리가 가장 풍부한 날도 일요일 저녁이었다. 아이들은 각자 집에서 싸온 것을 조금씩 가져왔다. 반찬을 가져오는 아이도 있었고 떡이나 약밥, 심지어 제사 음식을 들고 오는 아이도 있었다. 그런가 하면 밤나무집 아이는 밤을, 감나무집 아이는 감을, 짜장면집 아이는 군만두를 가져오기도 했다. 명진이 일요일 저녁마다 통닭을 내놓은 것은 물론이었다. 아이들이 들고 오는 먹을거리를 보면 그 아이네 집이 뭘 하는지 알 수 있었다.

얘기는 해도 해도 끝이 없었다. 가끔은 두세 명이 한꺼번에 말하기도 했다. 곳곳에서 야유와 탄식이 터졌다. 웃음소리가 담장을 넘어갔다. 웃음은 늘 엉뚱한 대목에서 갑작스럽게 터져 나왔다. 별것 아닌 일에도 웃음이 터졌다. 하나가 웃으면 다들 따라 웃었다. 웃지 않고는 배길 수 없었다.

우리 모임이 어느새 소문이 난 모양인지 자취생이 아닌 아이가 놀러 올 때도 있었다. 자취촌 아이도 있었고 시내에서 버스를 타고 오는 아이도 있었다. 우리와 별로 친하지 않은 자취생이 쭈뼛거리며 들어설 때도 있었다. 일요일 저녁이면 교회에 가 있어야 할 아이가 우리 모임에 오기도 했다. 그럴 때면 목사님의 외동따님을 따르는 열혈 교회파 아이들이 우리 공화국으로 쳐들어왔다. 기독교인을 잡아가기 위해서였다. 그 아이들은 신앙심이 너무 철저해서 어떤 아이가 아프다며 하루만 교회에 나오지 않아도 그 아이네 집으로 찾아갔다. 그러고는 정말 아픈지 아닌지 확인했다. 아픈 아이에게는 얼른 낫도록 기도해주겠다고 약속했다. 꾀병을 부린 아이에게는 설사할지어다! 하고 저주를 내렸다. 여름 수련회에 따라갔다가 울부짖으며 통성기도하는 장면을 보고 무섭다고 한 아이에게는 이렇게 말했다.

"네가 마귀가 들려서 기도 소리가 무서운 거야."

야자 때문에 저녁예배에 참석할 수 없다는 아이에게는 이렇게 말했다.

"그분이 다 알아서 대학에 보내주니까 넌 기도나 해."

그런 지나친 강요가 오히려 역효과를 불러왔다. 자의로 교회에 다니기 시작한 아이들도 점점 교회를 기피했다. 집까지 쳐들어오는 교회파 아이들의 열성이 부담스러웠기 때문이었다.

교회파 아이들이 찾아오면 우리는 민첩하게 움직였다. 어떤 아이는 비키니 옷장에 숨겨주었고 어떤 아이는 책상 밑에 숨겨주었다. 한 번은 엎드리라고 한 뒤 그 위에 이불을 살짝 얹고 그 앞에 우리가 둘러앉았는데 교회파 아이들이 감쪽같이 속아 넘어가기도 했다.

우리의 일요일 저녁 모임을 기다리는 사람은 자취생들만이 아니었다. 누구보다 열심히 그 시간을 기다리는 사람은 다름 아닌 할아버지였다. 평소 일찌거니 저녁을 먹는 할아버지도 일요일만큼은 저녁을 먹지 않고 기다렸다. 그날은 할아버지에게도 맛있는 음식들로 포식하는 날이었던 것이다. 모임이 늦어지면 괜히 큼큼거리며 우리의 동정을 살피기도 했다. 그러다 음식을 가져다 드리면 입이 함지박만 하게 벌어졌다. 우리가 아무리 떠들어도 그날만큼은 잔소리를 하지 않았다.

할아버지가 다치기 전까지는 그랬다. 그런데 변했다. 다리를 다친 뒤 운신이 힘들어지면서 할아버지는 잔소리뿐만 아니라 신경질까지 늘었다. 음식을 가져다 드려도 크게 달가워하지 않았다. 말소리가 조금만 커져도 조용히 하라고 소리를 질렀다. 주애가 애교를 떨어도 먹히지 않았다. 어쩔 수 없이 우리는 웃음소리가 문밖으로 새나가지 않도록 안간힘을 썼다. 하지만 아무리 손으로 입을 틀어막아도, 아니 오히려 손으로 입을 틀어막고 있는 그 꼴이 우스워 결국엔 더 크게 웃고 말았다.

할아버지의 잔소리가 일요일 저녁 시간에만 국한되는 것도 아니었다. 우리는 시도 때도 없이 들볶여야 했다. 물을 아껴 써라, 밤늦도록 전깃불을 켜놓지 마라, 전화 통화는 짧게 해라. 잔소리가 끝도 없었다. 시간제 급수 때문에 가뜩이나 마음껏 물을 쓰지 못하는 우리는, 하루 종일 학교에 가 있느라 저녁 시간 잠깐과 잠들기 전 잠깐밖에 형광등을 켜지 않는 우리는, 자유로운 수신을 위해 비싼 요금을 물면서 할아버지의 전화기를 이용하는 우리는, 그래서 억울했다.

"우리 이사 가면 어떨까?"

주애가 의견을 냈다.

"난 안 가. 가려면 너나 가."

영주가 말했다. 주애가 입을 삐죽거렸다. 3만 5천 원짜리 방을 구하기는 쉽지 않았다. 혹 그런 방이 있다고 해도 할아버지처럼 혼자 사는 주인은 거의 없었다. 이사를 간다면 할아버지의 잔소리를 듣지 않는 대신 주인집 가족의 눈치를 봐야 했다. 문제는 또 있었다. 할아버지 집을 나간다면 우리는 뿔뿔이 흩어져야 했다. 이 마을에서 자취방이 다섯 개인 곳은 할아버지 집뿐이었다. 우리가 할아버지를 떠나지 못하는 제일 큰 이유였다.

"한 귀로 듣고 한 귀로 흘려. 그러면 되잖아."

정혜가 말했다. 주애가 또 입을 삐죽거렸다.

"너희들, 할아버지 딸이나 아들 본 적 있어?"

명진이 물었다. 우리는 다들 고개를 저었다. 우리 중 할아버지의 자식을 본 사람은 아무도 없었다. 할아버지가 다치기 전에도 그랬고 다친 후에도 그랬다. 어쩌면 우리가 학교에 가 있는 낮 동안 다녀가는지도 몰랐다. 하지만 그럴 가능성은 낮아 보였다. 어디에도 자식이 다녀간 흔적은 없었다. 마루는 물기 하나 없이 늘 메말라 있었고 부엌문 또한 언제나 잠긴 상태 그대로였다. 할아버지가 서운할 만도 했다. 외롭기도 할 것이다. 한밤중에 화장실에 다녀오다 문득 할아버지 방을 쳐다볼 때가 있었다. 그럴 때면 닫힌 방문조차도 쓸쓸해 보였다.

"일단 좀 참자. 옆집 할머니 말이, 한 달 정도면 걷는 데 문제없대."

명진이 말했다. 주애만 빼고 우리는 고개를 끄덕였다. 명진이 주애를 보았다. 그러자 주애도 마지못해 알았다고 대답했다. 그 후 우리는 할아버지에게 무례한 행동을 하지 않기 위해, 그래서 할아버지의 신경을 더 긁어놓는 결과를 만들지 않기 위해 최대한 할아버지의 잔소리를 못 들은 척했다.

3

가을이 깊어가고 있었다. 10월도 며칠 남지 않았다. 1991년이 저물고 있었다. 하루하루가 지날수록 견고하게 쌓아 올린 내 성의 벽돌을 한 장씩 도둑맞는 기분이 들었다. 벽돌이 다 없어지고 나면 나는 어디에 숨어야 할까. 답은 없었다. 아니, 찾지 못했다. 어디에도 답은 보이지 않았다. 그래서 우울했다. 야자를 빼먹고 저녁 내내 방에 틀어박혀 라디오를 들었다. 중간에 가족 얘기가 나왔다. 꼭 그래서는 아니지만 집으로 전화를 걸었다. 벌써 3주나 집에 가지 않았다. 내가 자취를 하기 전보다 집안 분위기가 더 나빠졌다. 엄마는 내 자취를 아버지 탓이라고 생각했다. 아버지는 엄마에게 잘못을 돌렸다. 엄마의 잦은 야근을 트집 잡았다. 집에 아무도 없는데 애들이 들어오고 싶겠냐는 것이었다. 그것은 아버지에게도 해당되는 말이었다. 엄마가 늦는다고 전화한 날이면 어김없이 아버지도 늦게 들어왔다. 또 아버지는 말했다.

"당신이 나한테 나쁜 감정을 갖고 있으니 그게 알게 모르게 애들한테 영향을 미치는 거야."

아버지는 사랑해달라고 떼쓰는 아이처럼 말했다. 엄마는 어이없다는 듯 고개만 저을 뿐 대꾸하지 않았다. 엄마에게는 싸울 기력조차 없었다. 엄마는 늘 피곤했다. 아버지 말처럼 엄마의 야근은 너무 잦았다. 엄마가 아무런 대꾸 없이 방으로 들어가면 아버지는 풀 죽은 얼굴로 우리를 힐끗 보고는 밖으로 나갔다. 둘 사이에서 동생은 눈치만 늘었다.

꽤 오래 수화기를 들고 있었지만 아무도 받지 않았다. 오늘도 엄마는 야근, 아버지는 가게, 현정이는 친구네 집인 모양이었다. 방으로 돌아와 불을 끄고 이불을 뒤집어썼다. 아이들이 돌아올 시간이었다. 잠시 후 여럿의 말소리가 들리고 정혜의 노랫소리도 들렸다. 몸은 이제 골목을 들어서고 있었지만 목소리는 이미 자취 집에 돌아와 있었다.

대문 열리는 소리가 들렸다. 누가 먼저 씻을 것인지 순서를 정하는 가위바위보 소리에 이어, 현진이 애 어디 간 거야? 묻는 명진의 목소리가 들렸다. 아프다는 거 뻥일 줄 알았어, 대꾸하는 영주의 목소리가 들렸다. 그새 물이 반으로 줄었잖아! 경악하는 주애와 계속 끓기만 하니까 수증기로 증발하는 게 당연하지, 핀잔주는 영주의 목소리가 들렸다. 아, 연탄불에 물통 올려놓는 걸 깜빡했네, 중얼거리는 정혜, 이런 엄살쟁이들! 이제 10월인데 벌써부터 더운물 타령

이야? 씩씩하게 꾸짖는 명진의 목소리가 들렸다. 사실 차긴 하잖
아, 잠 깨는 덴 최고지만, 조용히 대꾸하는 영주, 이걸로 어떻게 씻
지? 칭얼거리는 주애, 커피포트로 데워볼까, 중얼거리는 정혜의 목
소리가 들렸다.

　나는 연탄불 가는 게 귀찮아서 아직 불을 피우지 않았다. 덕분에
찬물로 머리를 감을 때면 절로 비명이 나왔다. 누가 내 머리에 양동
이를 씌워놓고 망치로 땅! 땅! 내려치는 것 같았다. 명진도 불을
피우지 않았다. 아직 견딜 만하다고 했다. 영주도 불을 피우지 않았
다. 몸과 정신을 긴장시키는 덴 적당한 추위만큼 좋은 게 없다고 했
다. 정혜는 불을 피웠다. 정혜의 의사와 상관없이 복지관에서 보름
단위로 연탄을 보내주었다. 한번 연탄이 들어오면 좁은 부엌이 꽉
찼다. 다음 번 연탄 들일 자리를 만들기 위해서라도 얼른얼른 소비
해야 했다. 주애도 불을 피웠다. 주애는 추위와 찬물을 질색했다.
연탄불이 활활 타오르는 방에 앉아서도 춥다고 덜덜 떨었다.

　"우와! 너무 차가워! 내 연탄 가져다 쓰고 대신 더운물 좀 나눠
달라니까!"

　주애가 비명을 지르듯 말했다. 하지만 영주는 단호했다.

　"싫어. 내가 왜 네 연탄을 써?"

　"상부상조! 불 꺼뜨려먹어도 번개탄으로 안 붙여도 되잖아. 난
번개탄 무섭단 말이야."

　"불붙은 연탄들 떼는 게 더 힘든 거 몰라?"

　"네가 좀 떼주면 되지."

"싫어. 내가 왜?"

나는 참지 못하고 밖으로 나갔다. 방문을 벌컥 열며 내가 말했다.

"아, 좀, 조용히! 할아버지 깨우고 싶어?"

그러나 정작 할아버지를 깨운 것은 다른 것이었다. 우리가 수돗가에서 한바탕 소란을 떨고 난 뒤 뒷북치듯 전화벨이 울렸다. 할아버지는 주애가 누구야? 묻는 것으로 주애를 불렀다.

"밤늦게 전화하지 말랬잖아."

할아버지 눈치를 보며 주애가 수화기에 대고 말했다. 정혜 방에 있던 명진과 내가 내다보았다. 수화기를 든 주애의 얼굴이 점점 어두워졌다. 짧은 통화를 마치고 주애가 정혜 방으로 건너왔다. 왜? 무슨 일이야? 우리가 앞다투어 물었다.

"자나 안 자나 확인하는 거래."

주애가 말했다. 열한 시 삼십오 분이었다. 딸의 취침 여부를 확인하기 위해 남의 집으로 전화를 걸기에는 너무 늦은 시간이었다.

"정말 너무하시네."

명진이 말했다.

"너도 참 사는 게 힘들겠다."

주애를 건너다보며 내가 말했다.

"나는 공부하라는 소리 한 번도 들어본 적 없는데."

정혜가 중얼거렸다.

"부럽다. 난 학력고사 전까지 내신 삼 등급으로 못 올리면 아마 맞아 죽을 거야. 벌써부터 들볶이고 있어."

전화 통화 이후 내내 시무룩해 있던 주애가 말했다. 그러자 벽에 기댔던 몸을 벌떡 일으키며 명진이 대꾸했다.

"내신 삼 등급을 아무나 하냐? 그게 얼마나 어려운 건데."

"몰라. 아무튼 내신 때문에 전학 안 시키는 거래. 우리 학교보다 내신 유리한 데가 없대."

주애의 말에 우리는 아무도 대꾸하지 못했다. 1학년 때부터 야간 자율학습을 철저하게 시키는 곳은 이 시에서 우리 학교뿐이었다. '내신 유리한 학교'라는 불명예에서 벗어나기 위해서인데, 아직은 글쎄, 학교의 레벨을 올리는 데 얼마나 효과가 있는지는 알 수 없었다.

"난 그만 가서 자야겠다. 자지 말라고 하니까 더 자고 싶네."

주애가 말했다. 우리는 주애를 잡지 않았다. 울적할 때는 잠만큼 좋은 치료약이 없었다. 주애가 간 뒤 명진과 나도 곧 일어섰다.

소리는 끊어질 듯하면서 계속 이어졌다. 정체를 알 수 없는 소리가 꿈속까지 찾아와 머리를 어지럽혔다. 결국 잠에서 깨어났다. 귀뚜라미 소리는 아니었다. 개구리 소리도 아니었다. 불을 켜고 시계를 보았다. 새벽 두 시가 막 지나고 있었다. 방문을 열고 밖을 내다보았다. 영주는 벌써 깨어 마루에 나와 앉아 있었다. 나와 눈이 마주치자 영주가 주애의 방을 가리켜 보였다. 가만히 귀를 기울이니 정말 주애의 방에서 흐느끼는 소리가 들렸다. 왜? 내가 입 모양으로 묻자 영주는 고개를 저었다.

주애의 방으로 건너가 조용히 문을 두드렸다. 자물쇠 따는 소리에 이어 주애가 문을 열어주었다.

"너 우니? 왜? 무슨 일이야? 어디 아파?"

방바닥에 눈물 닦은 휴지가 수북했다. 주애의 이마를 만져보았다. 내 이마보다 특별히 더 열이 있는 것 같지는 않았다.

"나쁜 꿈 꿨어?"

주애가 고개를 저었다. 내가 등을 두드려주자 소리 죽여 흐느끼던 주애는 그예 대성통곡을 했다. 주애의 울음소리가 밤의 정적을 찢어놓았다. 급기야 정혜와 명진도 깨어 주애 방으로 건너왔다. 영주는 마루에 앉아 밤하늘을 올려다보고 있었다. 옆방에서 할아버지가 헛기침을 했다. 우리는 주애를 달래기 위해 안간힘을 썼다. 명진은 주애를 안아주었다. 정혜는 휴지를 뽑아 주애에게 건네주었다. 그렇게 몇 분이 흘렀다. 마침내 울음을 그친 주애가 더듬더듬 말을 꺼내놓았다.

"아까 아빠가…… 기말고사에서도 성적 못 올리면…… 집으로 데려가겠대. 내가 떼써서…… 자취 시작한 거거든. 평균 이십 점 올리는 조건으로. 그런데 나 숨 막혀서 집에서는 못 살아. 다들 도끼눈을 뜨고 나만 감시해. 어떡하지? 어떡해? 내가 무슨 수로 이십 점을 올리느냐고. 그것도 평균을. 나 집에 들어가기 싫어. 이제 어떡하지?"

주애는 그렁그렁한 눈으로 우리를 둘러보았다. 기말고사까지는 한 달하고 보름 정도 남아 있었다. 그 안에 주애가 평균 20점을 올리는 것은 거의 불가능했다. 주애는 공부에 취미가 없었다. 수업 시간에도 딴짓을 하거나 졸기 일쑤였다. 남들보다 이해력도 떨어졌다. 우리는 깊고 긴 한숨을 쉬었다. 어른들은 왜 무조건 공부에만 목숨을 거는지 이해할 수 없었다. 세상에는 공부 말고도 할 수 있는 일이 쌔고 쌨다. 대학에 가지 않고도 성공한 사람들은 얼마든지 있었다. 주애에게는 미안한 말이지만, 그 순간만큼은 우리 집이 부자가 아니어서 다행이라는 생각을 했다. 공부 잘하는 언니 오빠가 없는 것도 다행이었고, 공부에 목숨 거는 부모를 만나지 않은 것도 다행이었다.

"같이 고민해보자. 잘 생각해보면 무슨 방법이 있을 거야."

명진이 말했다. 눈이 퉁퉁 부은 주애가 고개를 들더니 물었다.

"그런데 너희들 걸레는 다 만들었니?"

우리는 잠깐 어리둥절한 얼굴로 서로를 둘러보았다.

"아, 걸레!"

명진이 이마를 쳤다. 나도 깜빡 잊고 있었다. 정혜는 별것 아니라는 듯 어깨를 으쓱했다. 내일은 토요일이었고, 대청소를 하는 날이었다. 각자 마른걸레 하나씩을 만들어 가야 했다. 그 걸레로 초를 먹인 교실과 복도 바닥을 문질러야 했다. 우리가 걱정을 늘어놓는 사이 정혜가 아이디어를 냈다.

"걱정 마. 수건을 네모나게 접은 다음 옷핀으로 고정시키면 돼."

주애의 얼굴에 웃음꽃이 피었다. 명진과 나는 대견하다는 뜻으로 정혜의 등에 인디언밥을 먹여주었다.

기말고사가 한 달 앞으로 다가왔을 때부터 명진과 나는 야자를 마치고 돌아오면 주애 방에 모여 한 시간씩 전 과목 예상 문제를 뽑기 시작했다. 물론 주애의 과외 선생도 시험 때마다 예상 문제를 뽑아주기는 했지만 그것은 주애에게 맞지 않았다. 수준이 너무 높았다. 과외 선생으로서도 어쩔 수 없었을 것이다. 예상 문제는 주애만 보는 게 아니었다. 주애의 아버지도 보았다. 주애의 아버지는 딸의 수준은 생각지도 않고 자신이 이해할 수 없는 문제를 만났을 때만 과외 선생을 존경의 눈으로 우러러보았다.

우리가 예상 문제를 뽑고 있으면 가끔 정혜가 주애 방으로 놀러 왔다. 하지만 우리 일에 참여하지는 않았다. 낮은 소리로 노래를 부르거나 라디오를 들었다. 때로는 편지를 쓰기도 했다. 누구에게 쓰느냐고 물으면 나한테, 하고 대답했다. 무슨 내용을 쓰느냐고 물으면 이것저것 아무거나, 하고 대답했다. 가끔은, 할아버지가 어젯밤에 자면서 방귀 뀌었다는 거 쓰고 있어, 하고 말해서 우리를 자지러지게 만들기도 했다. 그런 내용을 너한테 쓴단 말이야? 누군가 물으면 정혜가 말했다.

"다른 사람한테 쓸 순 없잖아. 할아버지 비밀인데."

정혜를 제외한 우리는 서로의 등을 두드리며 웃었다. 우리가 웃음을 그치면 정혜가 또 말하곤 했다. 그 대상은 명진이 됐다가 내가 됐다가 때로는 주애가 되기도 했다.

"명진이 네 얘기도 있어."

"나는 자면서 방귀 안 뀌었는데?"

명진이 얼른 반박했다.

"너 지난번 교련 시간에 혼자 '좌향앞으로가' 했잖아. 다들 오른쪽으로 가는데. 운동장에서 손들고 벌 서는 거 창문으로 다 봤어."

"맙소사. 그거 비밀이야!"

우리는 영주에게는 주애 일을 비밀로 했다. 영주는 자기 공부만으로도 너무 바빴다. 가뜩이나 잠이 부족한 영주에게 부담을 주고 싶지 않았다. 학교로부터 생활비를 지원받지 못한다면 영주야말로 집으로 들어가야 할지도 몰랐다.

시험이 보름쯤 남았을 때 우리는 주애에게 예상 문제를 외우게 했다. 전 과목에 해당되다 보니 그 양이 엄청났다. 주애는 울상을 지었지만 그래도 우리가 건넨 공책을 끼고 살았다. 그만큼 집에 들어가기 싫다는 뜻이었다.

시험 1주일 전날 밤이었다. 명진과 내가 돌아가며 문제를 내고 주애가 맞히는 게임을 하고 있었다. 공책만 보면 잠이 쏟아진다는 주애를 위한 특단의 조치였다. 그날 낮, 주애가 공약을 내걸었다.

"도와줘. 대신 맛있는 거 살게. 돈가스, 탕수육, 말만 해. 다 사줄게. 영화도 보여줄게. 제발 집으로 잡혀가지 않게만 해줘."

문제를 못 맞힐 때마다 우리는 자로 주애의 손바닥을 때렸다. 시키는 대로 다 할게,라고 이미 약속해버린 주애는 어쩔 수 없이 때리는 대로 맞았다. 명진과 내가 한숨을 폭폭 내쉬며 고전하고 있을 때였다. 영주가 주애 방으로 건너오더니 공책 한 권을 내밀었다.

"이거라도 보려면 봐."

우리는 의아해하며 영주를 쳐다보았다. 영주가 방을 나가자마자 얼른 공책을 펼쳤다. 거기에는 뜻밖에도 국어, 영어, 수학의 예상 문제가 적혀 있었다. 우와! 명진이 먼저 감탄사를 내질렀다. 역시 영주야! 주애의 입이 모란 꽃송이만큼 벌어졌다. 놀란 것은 나도 마찬가지였다. 주애가 자리에서 벌떡 일어나더니 영주 방으로 내달 렸다. 신발도 신지 않은 채였다.

"영주야, 고마워. 이제 살았어. 난 너만 있으면 돼."

주애가 키스를 퍼붓는 소리와 영주가 기겁하는 소리가 마당을 건 너왔다.

"주애 너무하는 거 아냐? 고생은 우리가 더 했는데."

명진이 툴툴거렸다. 그러나 얼굴은 미소 짓고 있었다. 씁쓸함과 대견함이 교차하는 미소였다.

"주애 오기 전에 얼른 보자."

나는 영주가 놓고 간 공책을 들었다. 전교 1, 2등을 다투는 수재 가 만든 예상 문제집을 볼 기회는 앞으로 다시는 없을 터였다. 명진 이 바짝 다가와 앉았다. 공책을 펼쳤다. 몇 문제를 훑어보고는 뒷장 으로 넘겼다. 다시 뒷장으로 넘겼다. 다음에는 영어 문제를 보았다. 그다음에는 수학 문제를 보았다. 파하하! 우리는 결국 웃음을 터뜨 렸다. 공책에는 중학교 1학년생도 풀 수 있을 것 같은 문제가 빽빽 하게 적혀 있었다. 명진이 문제 하나를 고르더니 큰 소리로 읽었다.

다음 중 구개음화 현상을 일으키지 않는 것은?

①굳이　　②연탄　　③해돋이　　④굳히다

나도 영어 문제 하나를 골랐다.

다음 예문에 들어갈 단어로 적당하지 않은 것은?

I am a (　　).

①fool　　②idiot　　③blockhead　　④bag

"이런 내용도 교과서에 있었나?"

"이거 보고 주애가 어떤 반응을 보일지가 더 궁금하다."

"자기 놀리는 건 줄도 모르는 거 아냐?"

"놀리는 게 아니라 주애의 수준을 딱 이 정도로 본다는 거지, 영주는."

우리는 다시 웃음을 터뜨렸다.

4

　우리 공화국은 종종 수배자들의 은신처로 이용되었다. 엄마 지갑에서 돈을 훔치다 들킨 아이, 남자 친구 등에 매달려 오토바이를 타고 가다 가족에게 딱 걸린 아이, 학교 결석하고 시내에서 놀다 발각당한 아이, 집안의 금지옥엽 남동생을 패주고 도망쳐 나온 아이 등이 성난 부모를 피해 우리 공화국으로 숨어들었다. 대개는 하루 이틀 숨죽이고 있다 부모의 화가 풀렸다 싶을 때쯤 집으로 돌아갔다.

　우리 공화국이 수배자들의 은신처로 자주 이용되는 것은 자취생이 많아서이기도 했지만 집 구조 때문이기도 했다. 할아버지 집은 몸을 숨기기에 좋은 장소였다. 할아버지 방을 제외한 나머지 방들은 방의 뒤쪽, 그러니까 담벼락과 방 사이에 부엌이 있었고, 부엌들은 모두 문이나 벽 없이 뚫려 있었다. 대신, 연탄 도둑을 막기 위해 양 끝 방과 담벼락 사이에만 문이 설치돼 있었다. 이것은 수배자의 부모가 쳐들어온다고 해도 여간해서는 찾아낼 수 없다는 뜻이었다. 예를 들자면 이런 식이었다.

A의 부모가 A가 있는 명진의 방문을 벌컥 연다. 그러나 A는 어디에도 없다. A는 이미 쪽문을 통해 부엌으로 나가 내 방이나 영주의 방으로 몸을 피한 뒤이다. 화가 난 A의 부모가 내 방문이나 영주의 방문을 연달아 연다. 좀 무례한 부모라면 방으로 들어가 부엌으로 난 쪽문도 연다. 그래도 A를 찾을 수는 없다. 이미 영주의 부엌을 빠져나간 A는 화장실 뒤를 돌아 정혜나 주애의 부엌으로 달아난 뒤이다. A의 부모가 좀 집요해서 마당을 가로질러 가 정혜나 주애의 방문을 연다고 해도 결과는 마찬가지이다. A는 같은 경로를 통해 영주의 부엌으로 돌아와 있을 것이기 때문이다.

우리는 이것을 '다람쥐 쳇바퀴 도주'라고 불렀다. 대부분의 부모들은 우리 공화국의 존재를 알지 못했다. 안다 해도 다섯 개의 방문을 다 열어보는 경우는 드물었다. 대개는 명진이나 내 방에서 순찰이 끝났다. 찾아보세요, 말하고 순순히 물러서면 부모들은 기가 꺾였다. 이곳에 없으니 저렇게 자신만만하겠지, 생각했다. 부모들을 속이는 것은 식은 죽 먹기였다. 선생들도 마찬가지였다. 문제아를 잡겠다며 의기양양하게 찾아오지만 결국은 빈손으로 돌아가기 일쑤였다. 그런데 우리의 간담을 서늘하게 한 경우가 딱 한 번 있었다. 선애의 남자 친구가 들이닥쳤을 때였다.

11월 초순의 어느 저녁이었다. 주애와 나는 수돗가에서 설거지를 하고 있었다. 그날의 저녁 메뉴는 카레라이스였다. 주애가 그릇을 닦고 나는 더운물과 우물물을 번갈아 날랐다. 조금만 차가워도 차 갑다고, 조금만 뜨거워도 뜨겁다고 기겁하는 주애 때문이었다. 주애와 나의 더운물을 다 쓰고도 모자라 정혜의 물까지 빌려왔다. 빈 물통은 다시 우물물을 채워 연탄불 위에 올려놓았다. 야, 이러다 알 통 생기겠어, 투덜거리는데 갑자기 왜가리가 화르륵 날아오르더니 누군가가 대문을 박차고 들어왔다. 선애였다. 나는 너무 놀라서 바가지를 떨어뜨렸다. 주애는 들고 있던 냄비를 떨어뜨렸다. 냄비가 시멘트 바닥을 구르며 내는 소리가 아련한 환청처럼 들렸다. 내 귀는 이미 선애가 내뿜는 가쁜 숨소리로 먹먹해져 있었다.

"명진이 어딨어? 집에 있지?"

나는 고개를 끄덕이며 명진의 방을 가리켜 보였다. 선애는 명진의 방문을 열더니 거침없이 안으로 들어갔다. 주애와 나는 얼떨떨해하며 명진의 방을 바라보았다. 잠시 후 명진이 밖으로 나오더니 회의를 소집했다. 짐작 가는 바가 있었다. 회의를 소집한다는 것은 우리 모두의 동의와 도움이 필요하다는 뜻이었다. 그런 일이라면 한 가지뿐이었다.

"나는 빼줘. 여기 열쇠."

벌써 학교 갈 준비를 다 마친 영주가 방에서 나오며 말했다. 영주는 한 번도 우리가 하는 일에 동참한 적이 없었다. 그래도 우리는 불평하지 않았다. 다람쥐 쳇바퀴 도주를 위해 열쇠를 맡기는 것만으로도 감지덕지했다. 영주가 나간 뒤 명진은 대문을 잠갔다. 우리는 명진의 방에 둘러앉았다. 선애가 말했다.

"다 알고 왔어. 애들 사이에서 너희들 제법 유명하더라, 의리 있다고. 나 좀 살려줘. 갈 데가 없어. 집으로는 못 가. 그 자식이 우리 집 알아. 화 풀릴 때까지 며칠만 숨겨줘. 그 자식이 얼마나 무서운지 너희들도 알잖아. 나 잡히면 죽어."

그가 어떤 사람인지 우리는 너무나 잘 알고 있었다. 주애가 지목한 까만 얼굴의 밤손님을 죽도록 패준 사람이 선애의 남자 친구였다. 그가 얼마나 두려운 존재였던지 까만 얼굴의 밤손님은 죽도록 맞고도 경찰에 신고조차 하지 못했다. 그뿐인가. 선애의 남자 친구는 이 도시를 주름잡는 깡패 조직들이 스카우트 1순위로 꼽는 주먹 중의 주먹이었다. 그러므로 살아남기 위해서라도 선애는 반드시 숨어야 했다. 그러나 또한 같은 이유로 선애를 숨겨주는 것은 위험한 일이었다. 부모나 선생을 피해 도망 온 아이들과는 비교도 되지 않았다. 사회적 지위가 있는 그들은 적어도 일정 수준 이상의 선은 넘지 않았다. 그러나 그는 달랐다. 게다가 지난번 부탁 때문에 우리의 존재가 노출됐을 터였다. 그래서 더 위험했다.

"어떡할래?"

명진이 우리 의견을 물었다. 우리는 누구도 선뜻 대답하지 못했다. 주애는 파랗게 질린 얼굴로 떨고만 있었다.

"빚 갚아야지."

우리가 결정을 내리지 못하자 다시 명진이 말했다. 우리는 선애에게 갚아야 할 빚이 있었다. 선애 덕분에 마음에 쌓인 분노를 털어내고 가뿐해질 수 있었다. 까만 얼굴의 밤손님이 다시는 우리 집을 기웃거리지 않게 된 것도 모두 선애의 공이었다.

"난 찬성."

정혜가 말했다.

"나도 찬성."

내가 말했다. 설마 죽이기야 하겠어, 그런 심정이었다. 이제 주애만 남았다. 주애는 우리를 둘러보더니 떨리는 목소리로 찬성, 하고 말했다.

"다들 고마워. 꼭 빚 때문이 아니더라도 친구 일인데 우리가 외면할 수는 없잖아."

주애의 어깨를 툭 치며 명진이 말했다.

"역시 소문이 맞구나? 너희들이 안 받아주면 어떡하나 걱정했는데."

"이유는 좀 알자. 도대체 무슨 일이야?"

명진이 물었다. 주애도 궁금해 죽겠다는 표정이었다. 정혜는 담담한 얼굴로 앉아 선애를 쳐다보고 있었다. 선애가 말했다.

"다 그 자식 오해야. 우리는 아무 일도 없었다고. 보스 남자 친구 두고 뭐하러 졸개랑 사귀겠어?"

"그럼 숨을 이유가 없잖아."

명진이 말했다. 우리도 같은 생각이었다. 그러나 우리는 말하지 못했다. 같은 1학년생이지만 선애는 우리에게 너무 어려운 존재였다. 선생들도 함부로 대하지 못했다. 잘못을 해도 선애에게만은 막말이나 손찌검을 하지 않고 조용히 벌만 주었다. 그런 선애를 스스

럼없이 대하는 명진이 우리 눈에는 그저 신기할 따름이었다.

"안 믿으니까."

선애가 말했다. 명진이 은근한 목소리로 다시 물었다.

"정말 아무 일도 없었어? 솔직하게 말해봐. 비밀로 해줄게."

"없었어. 손 살짝 잡은 거 빼고는."

"손만 잡았어?"

"키스 한 번. 정말 그것뿐이야. 더 이상은 없어. 귀엽게 생겨서 그냥 장난 한번 쳐본 거야."

"네가 잘못했네 뭐."

"그 자식은 안 그러는 줄 알아? 나보다 더해. 자기가 한 건 생각 안 하고 기껏 그 정도 일로 길길이 날뛰다니, 이게 말이 돼? 쩨쩨한 자식. 뱁새 같은 자식. 확 넘어져서 코나 깨져버려라. 어쨌든 며칠 지나면 화 풀릴 테니까 그때까지만 숨겨줘. 화났을 때는 아무도 못 말려. 내가 잘못해서가 아니라 그 자식 성질이 지랄 같아서 피하는 거야."

"그럼 학교는?"

"당분간은 못 가는 거지. 이제 너희들 야자 가라. 명진이 너도. 난 잠 좀 자야겠다. 학교에서부터 미친 듯이 달려왔더니 피곤하네."

선애는 방 한쪽에 쌓인 이불을 펴더니 벌렁 드러누웠다. 명진이 같이 있겠다고 해도 손을 내저었다.

"귀찮게 하지 말고 학교나 가."

우리는 일어섰다. 가방을 챙기며 명진이 말했다.

"너 운동 좀 했지? 우리 없는 사이에 혹시 무슨 일 생기면 부엌 쪽 담 넘어서 옆집으로 가. 물통 딛고 올라서면 그리 힘들진 않을 거야."

명진은 밖으로 나와 방문을 잠갔다. 담벼락 쪽의 부엌문에도 자물쇠를 채웠다. 선애가 안에 갇힌 꼴이 됐지만 혼자 있을 땐 그편이 나았다. 다람쥐 쳇바퀴 도주는 사람이 많을 때나 가능했다.

우리는 불안한 마음으로 학교에 갔다. 달도 뜨지 않은 밤이었다. 어둠 속으로 안개가 내려앉고 있었다. 안개는 우리들의 머리와 눈썹에도 내려앉았고 옷깃 사이에도 내려앉았다. 가로등이 켜져 있었지만 길은 유난히 어두워 보였다. 그래서인가, 다른 날보다 유독 더 춥게 느껴졌다. 한 걸음 내디딜 때마다 계단을 내려 밟듯 기온이 뚝뚝 떨어지는 것 같았다.

우리는 서로서로 몸을 꼭 붙이고 걸었다. 나는 정혜와 주애, 명진이 있어 그 길을 걸을 수 있었다. 아이들도 마찬가지였을 것이다. 우리는 '우리'여서 그 춥고 어두운 길을 헤쳐 나갈 수 있었다. 텅 빈 운동장을 지나 마침내 환하게 불 켜진 교실에 도착했다. 책상 앞에 앉았지만 우리는 아무도 공부에 집중하지 못했다.

그날은 아무 일도 일어나지 않았다. 잔뜩 긴장했던 우리는 시곗바늘이 자정을 가리키자마자 맥이 탁 풀리면서 깊은 잠 속으로 떨어졌다. 조마조마한 심정으로 기다렸지만 다음 날 역시 아무 일도 없었다. 선애의 남자 친구가 우리를 찾아온 것은 사흘째 되는 날 저녁이었다.

대문 두드리는 소리에 우리는 재빨리 뒤를 돌아보았다. 드디어 왔구나! 아무도 입을 열어 말하지 않았지만 우리는 모두 같은 생각을 하고 있었다. 선애가 집 안에 들어오고부터 우리는 잠잘 때가 아니더라도 꼬박꼬박 대문을 잠갔다. 학교에서 돌아오자마자 대문을 두드린다는 건 누군가가 우리를 미행했다는 뜻이었다. 그리고 그 누군가가 누구인지는 너무 뻔한 일이었다.

우리는 긴장된 눈빛을 주고받았다. 야야, 눈에 힘들 풀어. 명진이 속삭였다. 최대한 자연스럽게! 우리의 연기에 성공 여부가 달려 있었다. 시치미 떼는 연기라면 우리는 다들 일가견이 있었다. 한두 번 해본 게 아니었다. 두려움만 없앤다면 이번 역시도 어렵지 않게 성공할 수 있을 터였다. 우리가 잠긴 부엌문과 방문 들을 여는 동안 명진은 대문을 열었다.

눈빛이 살아 펄떡이는 남자였다. 나중에 정혜는 이렇게 말했다.

"꼭 창 같았어. 그 창으로 우리를 찌를 것 같았어."

남자가 물었다.

"김명진이 누구야?"

명진이 대답하기도 전에 남자의 눈이 명진의 이름표로 향했다. 남자가 마당으로 들어섰다. 들어서며 재빨리 집 안을 둘러보았고 마루 앞에 엉거주춤 선 우리를 훑어보았다.

"선애 여기 있지?"

특별히 키가 크거나 덩치가 우람하지는 않았다. 눈빛만 제외하고는 보통 남자와 다름없었다. 한껏 부풀려진 소문에 우리가 지레 겁을 먹은 것일지도 모른다는 생각이 들 정도였다. 따지고 보면 그 역시 우리와 같은 고등학생이 아닌가. 명진이 대답했다.

"없는데요. 그런데 누구세요?"

"네 방 어디야?"

남자가 물었다. 명진이 방을 가리켰다. 남자가 방문을 벌컥 열었지만 사람이 있을 까닭이 없었다. 선애는 이미 영주 방까지 건너가 있었다. 그것을 알 리 없는 남자가 고개를 갸웃거렸다. 우리는 숨을 죽였다. 명진이 천연덕스럽게 말했다.

"선애 안 왔어요. 그렇잖아도 걱정하고 있었는데…… 학교도 이틀이나 결석하고. 혹시 선애한테 무슨 일 있어요?"

남자가 얼굴을 찌푸렸다. 당황한 기색이 역력했다. 잠시 어찌할 바를 모르고 서 있더니 그대로 대문을 나섰다.

우리는 가슴을 쓸어내렸다. 한편으로는 허무하기도 했다. 이토록 손쉬운 일을 두고 그렇게 노심초사했던가 웃음이 다 났다. 선애가 영주 방에서 고개를 내밀었다. 안심하라는 의미로 명진이 손가락으로 동그라미를 그려 보였다.

"우리 축하 파티하자."

주애가 손뼉을 치며 말했다. 축하 파티까지는 아니지만 우리는 자축의 의미로 그날 저녁에는 학교에 가지 않았다. 다음 날 선생님께 꾸중을 듣겠지만 아무래도 상관없다는 기분이었다. 마음이 붕 떠서는 가라앉지 않았다. 어려운 일을 해결한 뒤에 찾아오는 기분 좋은 흥분 같은 것이었다.

그날 밤이었다. 우리는 일찌감치 저녁을 해먹고 내 방에 모여 앉아 얘기를 나누고 있었다. 사흘째 같이 지내다 보니 선애에 대한 어려움도 많이 옅어졌다. 그것은 선애도 마찬가지인지 첫날보다는 우리를 편하게 대했다. 대화를 주도하고 있는 것도 선애였다. 선애는 중학교 시절의 무용담에서부터 그동안 사귄 남자애들, 고등학교에 입학했을 때 3학년 선배들을 어떻게 굴복시켰는지에 이르기까지 끝도 없이 이야기를 풀어놓았다. 학교에서와는 전혀 다른 모습이었다. 우리는 그런 선애를 두고 '선애의 재발견'이라고 놀렸다. 선애가 물었다.

"학교에서는 내가 어떤데?"

"만날 무게 잡고 있잖아, 맨 뒷자리에 앉아서는. 너 무서워서 애들이 맘대로 떠들지도 못해."

내가 말했다. 그러자 선애가 격하게 반박했다.

"나를 무서워한다고? 웃기지 마. 명진이 애 처음에 어땠는지 아냐? 손 좀 봐주려고 옥상으로 불렀더니 맙소사, 생글생글 웃으며 다가와서는 손을 내밀더라. 반갑다고. 하도 어이가 없어서 그냥 돌려보냈다."

"나를 왜 손봐?"

"중학교 때 좀 놀았을 거 같아서 미리 기를 꺾어놓으려고 그랬다."

"닭은 좀 잡았지. 놀 시간은 없었어도."

"이제 좀 물어보자. 다른 애들은 옥상에만 왔다 하면 오금이 저려서 제대로 걷지도 못하는데 넌 웃음이 나오디? 도대체 왜 웃었어?"

"그러면 안 때릴 거 같아서. 웃는 얼굴에 침 못 뱉는다잖아."

명진이 능글맞게 웃으며 말했다.

"맙소사."

선애가 이마를 쳤다. 처음 듣는 이야기였다. 명진은 그 일에 관해서는 지금껏 한마디도 하지 않았다. 학기 초, 침 좀 뱉게 생긴 애들은 쥐도 새도 모르게 옥상으로 끌려간다는 소문이 있었다. 하지만 1년이 다 돼가는 지금까지도 실체가 드러나지는 않았다. 옥상의 중심에 선애가 있다는 소문도 돌았지만 그 역시 사실을 확인할 길은 없었다. 뭔가를 아는 아이들은 입을 다물었고, 모르는 아이들은 패스 받은 소문을 다시 패스하면서 막연한 두려움에 몸을 떨었다. 그런데 그게 사실이었단다. 우리는 새삼 주눅 든 얼굴로 선애를 쳐다보았다.

그때였다.

"누구요?"

할아버지 목소리였다. 상대편의 대답은 들리지 않았다.

"누구냐니까?"

우리는 본능적으로 숨을 죽였다. 너무 긴장해서 손가락 하나 제대로 움직일 수 없었다. 눈빛만 살아 우왕좌왕했다. 우리의 시선이 선애에게로 모아진다 싶은 순간, 선애가 자리를 박차고 일어나더니 부엌으로 달려 나갔다. 학생들 친군가? 묻는 할아버지 목소리와 방문이 벌컥 열리는 소리가 들린 것은 거의 동시였다. 누구 방인지는 알 수 없었다. 우리는 여전히 눈동자를 굴리는 것 말고는 할 수 있는 게 없었다. 이게 어디로 튀었지? 거친 숨소리와 함께 우리가 모여 앉은 내 방의 문이 요란한 소리를 내며 열렸다. 저녁에 왔던 그 남자였다. 그가 다시 왔다. 이번에는 대문을 두드리지도 않고 담을 넘어 들어왔다. 소리 하나 내지 않고 접근해왔다. 그가 말했다.

"선애 어디로 갔어?"

그 말이 신호라도 되는 양 우리는 자리에서 일어났다. 마루로 나가며 명진이 대답했다.

"우리가 그걸 어떻게 알아요?"

"여기 같이 있었잖아."

"언제요? 지금요? 아닌데요."

정혜는 정혜 방으로, 주애는 주애 방으로 향했다. 명진의 방문이 활짝 열려 있었다. 남자가 내 방으로 성큼 들어오더니 부엌으로 연결된 쪽문을 열어젖혔다. 다행히 그곳에도 선애는 없었다. 명진이 마당에 버티고 서서 항의했다.

"오지도 않은 애를 왜 여기서 찾아요?"

남자는 대답하지 않았다. 맨발로 부엌을 가로지르더니 영주 방문을 열었다. 하지만 그곳에도 선애는 없었다. 나는 시계를 보았다. 열 시가 다 돼가고 있었다. 이 시간에 다시 찾아왔다면 뭔가를 알고 있다는 뜻이었다. 마음이 조마조마했다. 누군가가 홍두깨로 심장을 두드리는 것 같았다. 남자가 마당으로 나왔다. 이번에는 정혜 방을 향해 돌진했다. 날듯이 마루로 뛰어올라서는 방문을 열어젖혔다.

"도대체 왜 이러는 거예요?"

명진이 말했지만 남자는 대꾸도 없이 정혜 방으로 들어가더니 쪽
문을 열었다. 그사이 선애는 조용히 주애의 방문을 열고 나와 대문
으로 빠져나갔다. 남자도 빨랐지만 선애는 더 빨랐다. 부창부수, 역
시 보스의 여자 친구는 아무나 하는 게 아니었다.

나는 마루에 주저앉았다. 다리가 후들거려 서 있을 수가 없었다.
남자는 주애 방도 살펴보았다. 어디서도 선애가 나타나지 않자 다
시 명진의 방부터 훑기 시작했다. 방들의 문이 다 열려 있었다. 쪽
문들도 열려 있었다. 남자는 내 방을 조사하다가도 홱 고개를 돌려
정혜 방을 보고, 영주의 방으로 들어가다가도 또 홱 고개를 돌려 주
애 방 쪽을 보았다. 그렇게 혼자서 다람쥐 쳇바퀴 돌듯 방들을 빙빙
돌았다. 포기를 모르는 남자였다. 마치 라켓에 맞은 탁구공처럼 사
방으로 뛰어다녔다.

영주가 마당으로 들어섰다. 야자를 마치고 돌아온 것이었다. 때마
침 영주 방에서 나오던 남자와 눈이 마주쳤다. 영주의 표정이 일그
러졌다. 눈에는 살기에 가까운 독기가 서렸다. 도둑이야! 영주가 비
명을 질렀다. 소리는 높고 날카로웠다. 영주가 내지르는 소리에 놀
란 왜가리 떼가 발악하듯 울부짖었다. 날갯짓 소리도 들렸다. 왜가
리 떼가 한꺼번에 쏟아내는 무시무시한 소리가 밤하늘을 뒤덮었다.

남자는 불안한 눈으로 주위를 두리번거렸다. 하지만 어디서도 소
리의 정체는 모습을 드러내지 않았다. 보이지 않고 들리기만 하는
게 사실은 더 두려웠다. 그때 다시 영주가 도둑이야! 소리쳤다. 이
번에는 왜가리뿐만 아니라 근처의 개들까지 짖기 시작했다. 남자가

홀끗 영주를 노려보더니 마당에 침을 뱉었다. 그런 뒤엔 한껏 거드름을 피우며 대문 밖으로 걸어 나갔다. 우리가 상상조차 하지 못한 결말이었다. 우리는 가슴을 쓸어내리며 참았던 숨을 토해놓았다. 영주는 아무 일도 없었다는 듯 평소의 차가운 얼굴로 돌아갔다.

"우와, 영주 너 정말 대단하다!"

주애가 말했지만 영주는 대답 없이 방으로 들어가더니 거칠게 방문을 닫았다. 뒤이어 걸쇠를 거는 소리가 들렸다.

우리는 다들 파김치가 되어 각자의 방으로 흩어졌다. 나는 곧장 이부자리를 펴고 누웠다. 온몸이 노곤했지만 금방 잠이 오지는 않았다. 한참을 뒤척이다 겨우 잠이 들었다. 선애는 그날 밤 자정이 다 돼서야 명진의 방으로 돌아왔다. 대문을 빠져나간 뒤 두 시간 가까이 교회 마당의 벚나무 뒤에 숨어 있었다고 했다. 그날 이후 남자는 우리 공화국에 다시 나타나지 않았다. 선애는 나흘을 더 명진의 방에 머물다 돌아갔다.

사랑이 필요한 계절

1

작은아버지가 돌아가셨다. 나는 엄마의 전화를 받고 한 달 만에 집으로 갔다. 집에는 현정이와 엄마만 있었다. 아버지는 장례식장에 먼저 가 있다고 했다.

"집에 좀 자주 와. 반찬도 갖고 가고."

수첩을 넘기며 엄마가 말했다.

"작은아버지는 언제 돌아가셨대?"

내가 물었다.

"우리도 몰라. 오늘 아침에 어떤 아저씨가 전화하셨어."

현정이가 대답했다.

"도시락은 싸 갖고 다니냐?"

수화기를 들며 엄마가 물었다. 엄마는 전화로 친척들에게 작은아버지의 부음을 전하고 있었다. 네, 그렇게 됐어요. 삼촌 집에서 가까운 장례식장에 모셨어요. 일단 읍내까지 오셔서 전화 주세요.

"그럼 돌아가신 지 오래됐을 수도 있겠네?"

나는 식탁 의자에 앉았다. 식탁 위에는 아침 먹은 그릇이 그대로 놓여 있었다.

"아무리 길어도 하루를 넘기진 않았을 거다. 옆집에다 틈나는 대로 들여다봐달라고 부탁했었으니까."

수화기를 내려놓으며 엄마가 말했다. 나는 방으로 들어가 교복을 벗고 사복으로 갈아입었다. 1교시 수업 중에 전화 받고 바로 달려온 길이었다. 작은아버지에게는 정말 미안한 말이지만, 나는 작은 아버지의 부음을 듣고도 별로 슬프지 않았다. 다만 조금 놀랐을 뿐이었다. 작은아버지의 빼빼 마른 몸과 해골 같은 얼굴을 생각한다면 그다지 예상 못할 일이 아님에도 나는 한동안 전화기를 내려다보며 멍하니 서 있었다. 담임 선생님이 다가와 어깨를 두드렸을 때에야 인사를 하고 교무실을 나섰다. 기나긴 복도를 걸으며, 이제 앞으로는 미워하지 않겠다고, 그러니 작은아버지도 우리가 그동안 미워한 거 다 잊고 편히 가시라고 마음속으로 말했다.

"얼른 가자."

엄마가 재촉했다. 우리는 집을 나섰다. 아파트 정문에 때마침 택시가 한 대 서 있었다. 엄마는 잠깐 망설이는 듯하더니 택시에 올랐다.

그날 밤이었다. 아버지와 엄마 그리고 현정이와 나는 한 상에 둘러앉아 늦은 저녁을 먹고 있었다. 장례식장에는 우리 가족밖에 없었다. 친척들은 바쁘다며 밥만 먹고는 바로 일어났다. 아버지는 붙

잡지 않았다. 친척들의 심정을 이해 못하는 것은 아니라면서도 아버지는 씁쓸한 표정을 지우지 못했다. 친척들은 작은아버지의 죽음에서 자유로울 수 없었다. 그들에게는 작은아버지에게 그동안 너무 무심했다는 부채 의식이 있었다. 그런 감정에서 벗어나기 위해서라도 한시바삐 장례식장을 떠나야 했다.

"철물점, 접기로 했다."

아버지가 말했다. 나는 아버지를 쳐다보았다. 엄마는 묵묵히 밥을 먹었다. 현정이도 고개를 숙인 채 밥을 먹었다. 그들은 알고 나는 모르는 뭔가가 있었다.

"사실은 가게…… 몇 달째 적자였다."

아버지가 말했다. 나는 엄마를 쳐다보았다. 엄마는 한숨을 쉬었다. 어쩌면 이제야 적자인 게 오히려 놀라운 일인지도 몰랐다. 허구한 날 가게를 비우는데 어떤 손님이 좋아할까. 아버지는 보일러든 수도관이든 못 고치는 게 없는 기술자였다. 하지만 기술이 아무리 좋다 한들 필요할 때 없으면 다 소용없는 것이다. 그리고 한 번 떠난 손님은 다시 돌아오지 않는 법이다.

"이제 뭐 하실 거예요?"

내가 물었다. 엄마가 자리에서 일어나더니 물병을 가져왔다.

"아차, 컵."

엄마가 중얼거렸다. 현정이가 종이컵을 가져왔다. 다시 엄마가 자리에서 일어나더니 소주 한 병을 가져왔다.

"또 안주를 빠뜨렸네."

엄마가 중얼거렸다.

"내가 가져올게."

현정이가 말했다. 현정이와 나는 그날 오후 내내 안주 접시를 날랐다. 현정이는 편육 한 접시를 가져왔다.

"살림해야지 별수 있냐."

한참 만에 아버지가 대답했다.

"살림은 할 줄 아시고요?"

내 목소리는 곱지 않았다. 사회생활에서 패배한 아버지가 이제 집안으로 숨으려 하고 있었다. 그것도 살림 핑계를 대며.

"아빠 잘해. 엄마가 해주는 반찬보다 더 맛있어. 집도 깨끗해졌어."

현정이가 말했다. 말해놓고 엄마 눈치를 살폈다.

"며칠 됐다."

아버지가 덧붙였다. 엄마는 종이컵 두 개에다 술을 따랐다. 하나는 아버지 앞에 놓았다.

"인생 참 허망하구나."

작은아버지가 누워 있을 벽 너머를 바라보며 엄마가 중얼거렸다. 엄마는 단숨에 종이컵을 비웠다.

"평생 빚을 짊어지고 사는 내 인생도 허망하다."

엄마가 또 중얼거렸다. 아버지는 엄마의 잔에 술을 따랐다. 그런 뒤에는 당신 앞에 놓인 술을 마셨다. 현정이가 자리에서 일어나더니 일회용 그릇에다 국을 가득 담아왔다.

"이제 사촌 언니 찾는 건 포기하시겠네요."

여전히 내 목소리는 삐딱했다.

"혜란이 인생도 참 허망하구나."

옆에서 엄마가 중얼거렸다.

"그동안 혜란이 덕에 산천초목 구경 잘했지."

술잔을 비우며 아버지가 말했다. 그 말을 듣는 순간 욱한 감정이, 반항심이, 너무 이기적인 거 아니냐는 말이 혀끝까지 치받쳤지만 결국 꿀꺽 삼켰다. 그 말은 또한 이제부터 사촌 언니 찾는 일을 그만두겠다는 뜻이기도 했기 때문이었다. 나는 아버지 얼굴을 보지 않기 위해 고개를 돌렸다.

"삼촌 거두느라 고생했다고 등 두드려주는 인간 하나가 없어. 내 인생도 참……"

옆에서 엄마가 중얼거렸다. 소주 한 병을 다 마신 뒤 엄마는 현정이와 나를 데리고 장례식장을 나섰다. 우리는 택시를 타고 가까운 여관으로 갔다. 아버지는 작은아버지 옆에 남았다.

2

　어느 날부턴가 명진은 주말이 되어도 집에 가지 않았다. 중간고
사 때 한 주를 빼고는 집에 가는 걸 거르지 않던 명진이었다. 11월
중순의 어느 토요일 저녁, 방에서 나오는 명진을 보고 나도 모르게
야, 하고 소리쳤다. 소리친 뒤에야 이게 소리칠 일이 아니라는 걸
깨달았다. 멋쩍어서 계속 따지듯 물었다.

　"집에 안 갔어?"

　"응."

　"난 또 말도 없이 간 줄 알았지."

　영주가 방문을 열고 밖을 내다보았다. 정혜의 방문도 열렸다. 다
들 의외라는 얼굴이었다. 그러자 누가 묻지도 않는데 명진이 변
명하듯 말했다.

　"그냥."

"너도 이럴 때가 있구나."

영주가 말했다.

"집에 무슨 일 있어?"

정혜가 물었다.

"없어."

그러나 명진의 목소리는 쓸쓸함을 가득 담고 있었다. 전날 밤 주애 방에서 예상 문제를 뽑을 때도 명진은 어딘지 모르게 쓸쓸해 보였었다.

"혹시 그 대학생 오빠랑 헤어졌어?"

이번에는 내가 조심스럽게 물었다.

"아무래도 나한테 마음이 있는 것 같아."

백일주를 마시던 날 명진이 말했었다. 주말마다 닭을 사러 오는 대학생이 있다고 했다. 명진은 부엌에서 닭을 손질하기도 하지만 가게에서 팔기도 했다.

"내가 가게에 있을 때만 꼭 온다니까."

명진이 그렇게 말했을 때 우리는 방바닥을 두드리며 비명을 질렀다. 누구는 명진의 등을 때렸고 누구는 명진의 허벅지를 쳤다.

"우리는 대학생 구경도 못하는데 넌 벌써 사귀기야?"

"나도 소개시켜줘!"

"다른 대학생은 없어?"

우리는 앞다퉈 질투를 쏟아냈다. 그러자 명진이 의기양양해하며 말했다.

"당연히 그 대학생 오빠 말고도 많이 오지. 우리 집 닭이 좀 맛있냐."

"대학생들이 그렇게 많이 온단 말이지?"

정혜가 그 말을 하자마자 서로 명진의 닭집에서 아르바이트를 하겠다고 나섰다. 너희들 줄 돈 없어, 명진이 말하자 누가 돈 달래? 한목소리로 명진을 질타했다.

"난 주말마다 집에 가야 하는데……"

주애의 얼굴이 뾰로통해졌다. 하지만 곧 환하게 웃으며 주애가 말했다.

"엄마한테 우리도 대학가에서 닭집 하자고 말할 거야."

그게 고작 두 달 전쯤의 일이었다.

"만난 적도 없는데 헤어지기는."

명진은 그렇게 대답하고는 입을 다물었다. 다음 주에도, 그다음 주에도 명진은 집에 가지 않았다.

명진의 방으로 건너갔다. 토요일 밤이었고, 작은아버지가 돌아가신 지 열흘째 되는 날이었다. 명진은 벽에 기대앉아 라디오를 듣고 있었다. 나는 커피포트에 물을 끓여 커피 두 잔을 만들었다. 두어 마리의 왜가리가 절규하듯 울었다. 저놈들은 동면도 안 하나. 내가 중얼거렸다.

"좀 있으면 다른 데로 떠나."

"어? 그래? 어디로?"

"더 따뜻한 곳으로."

"아…… 그렇구나…… 이곳에 와서 처음 만난 게 저 왜가리인데……"

"왜, 섭섭해?"

"그렇기도 하고…… 기분이 이상하네. 왜가리 없는 자취촌은 상상이 안 돼. 막상 저놈들이 없으면 왠지 허전할 것 같아."

"그동안 정들었나 보다."

"정은 무슨……"

"커피 마시자."

명진이 말했다. 뒤로 물러앉아 벽에 등을 기대는 내 앞으로 명진이 커피 잔을 옮겨주었다. 나는 이불을 펼쳐 덮었다. 방바닥은 따뜻하고 공기는 차가웠다. 문틈 사이로 찬바람이 기를 쓰고 들어왔다. 하지만 영주 방에 비한다면 이 정도는 아무것도 아니었다. 영주는 연탄불을 피우지 않았다. 아침마다 입을 꼭 다물고는 찬물로 머리를 감았다. 영주의 방 한쪽에는 낡은 전기장판이 놓여 있었다. 그것은 한겨울에도 연탄불을 피우지 않겠다는 뜻이었다. 참 고달픈 인생이구나. 나도 모르게 중얼거렸다. 그러자 명진이 피식 웃었다. 나는 기회를 놓치지 않았다.

"말해봐, 무슨 일인지."

사실은……, 명진이 힘겹게 입을 열었다. 나는 라디오 볼륨을 줄였다.

"엄마가 결혼하겠대. 난 어떻게 해야 할지 모르겠어."

"……"

"이제 와서 결혼이라니……"

명진의 입가에 쓸쓸한 미소가 어렸다. 폭탄 세일하듯 위로의 말을 퍼붓고 싶었지만 참았다. 어설픈 위로가 될 게 뻔했다. 나는 고작 이렇게 물을 수밖에 없었다.

"할머니는 뭐라셔?"

"좋다고 하시지."

"하긴 너희 엄마의 엄마니까. 어떤…… 사람이야?"

"시장에서 맥주 파는 아저씨."

명진이 들려준 얘기는 이러했다. 닭집의 단골손님이 대학생들만 있는 건 아니었다. 시장 상인들도 있었다. 그 시장 상인들 중 한 명이 명진의 엄마에게 마음을 두었다. 그는 몇 년 전 상처를 했고 자식은 없었다. 대신 다리를 절었다. 얼굴도 살짝 얽었다. 그는 원래 시장에서 생선을 팔았다. 굵직한 목소리로 자작곡인 생선가를 불러 손님들을 좌판 앞으로 끌어들였다. 손님들은 웃는 얼굴로 지갑을 열었다. 생선을 팔던 시절, 그는 틈만 나면 명진이네 닭집으로 달려가 닭을 사왔다. 그렇게 사온 닭은 이웃한 상인들과 나눠 먹었다. 하지만 수백 마리의 닭을 먹어도 명진의 엄마는 마음을 열지 않았다.

명진의 엄마는 10여 년 전 이혼을 했다. 아이 셋과 노모를 떠맡았다. 고된 노동과 무심히 흘러간 세월에도 불구하고 명진의 엄마는 여전히 고운 자태를 유지하고 있었다. 마음 씀씀이도 넓었다. 때때로 시장 상인들에게 닭을 대접했고 누구에게나 친절했다. 생선

장수는 그런 명진의 엄마가 마음을 열지 않는 것은 자신의 몸에서 나는 생선 비린내 때문이라고 생각했다. 그래서 생선 가게를 접고 맥줏집을 차렸다. 손님들의 성화에도 불구하고 치킨 메뉴는 만들지 않았다. 손님들이 치킨을 찾을 때마다 그는 이렇게 물었다.

"시장 입구에 닭집 있는데 거기서 튀겨다 드릴까요?"

"정말 생선 비린내 때문에 싫어했던 거야?"

내가 물었다. 명진이 눈을 내리깔고는 긴 숨을 내뱉었다.

"나도 모르지."

때마침 라디오에서 「쉬즈 곤She's gone」이 흘러나왔다. 보컬의 절절한 목소리가 나직하게 방 안에 흘렀다. 우리는 조용히 노래를 들었다. 노래가 끝나고 디제이가 청취자 엽서를 읽기 시작했을 때 명진이 말했다.

"닭집 일이 힘에 부친다는 말은 한참 전부터 했어. 할머니도 건강이 안 좋으시고."

"그런데 넌 싫다는 거잖아."

"몰라. 그냥…… 배신감 같은 거랄까. 우리 때문에 어쩔 수 없이 결혼하겠다는 것 같기도 하고. 마음이 복잡해. 어떨 때는 엄마가 미웠다가 또 어떨 때는 가여웠다가 그래. 하나 확실한 건 그 남자를 아버지라고 부르고 싶지는 않다는 거야."

"그래서 집에 안 가는 걸로 엄마한테 시위하는 거구나?"

"꼭 그런 건 아니고…… 생각 좀 하려고. 지금은 엄마 얼굴 안 보고 싶기도 하고."

부모님이 이혼하면 어떤 심정일까. 나는 상상조차 할 수 없었다. 더구나 엄마의 재혼이라니. 명진은 아버지의 얼굴도 기억하지 못했다. 물론 옛 앨범 속에 사진 한 장 정도야 있겠지만 명진의 가족 누구도 옛 앨범을 건드리지 않았다. 앨범은 10여 년 치의 먼지를 뒤집어쓴 채 장롱 위 어느 구석에 처박혀 있었다.

나는 식은 커피를 마셨다. 영어 문장을 읽는 영주 목소리가 명진의 방까지 들렸다.

"이제 자야겠다."

명진이 말했다. 나는 자리에서 일어났다.

"다른 애들한테는 얘기하지 마."

명진이 다짐을 두었다. 나는 아무에게도 말하지 않겠다고 약속했다.

마루로 나가자 할아버지의 기침 소리가 유난히 크게 들렸다. 할아버지는 벌써 며칠째 감기로 고생하고 있었다. 정혜가 약을 사다 드렸지만 기침 소리는 그치지 않았다. 할아버지 자식들은 어디 있어요? 주애가 물었을 때 할아버지는 두 눈만 끔벅거릴 뿐 대답하지 않았다. 전화번호 없어요? 묻는 내게는 가래침 뱉는 소리만 돌아왔다.

정혜 방에 불이 켜져 있었다. 나는 조용히 마당을 건너가 담배 연기 자욱한 정혜의 방으로 들어갔다.

이튿날 아침이었다. 밥을 다 먹은 뒤 약속대로 정혜가 운을 뗐다.

"나 오늘 복지관 갈 건데 같이 갈 사람 없어?"

정혜가 우리를 둘러보았다.

"나."

나는 얼른 손을 들었다.

"명진이 너도 갈 거지?"

내가 물었다. 명진은 선뜻 대답하지 못했다. 정혜와 나는 명진을 쳐다보았다.

"다음 주 기말고사야."

한심하다는 얼굴로 영주가 말했다.

"집에 있는다고 공부할 것도 아닌데 뭐. 명진이 너 공부할 거야?"

내가 묻자 명진은 대답을 못하고 망설였다. 그때 정혜가 말했다.

"아침에 잠깐 산책 갔다 왔는데 날씨 정말 좋더라. 내년 봄까지는 아마 이런 날 만나기 힘들 거야."

"그래, 간다, 가! 그만 좀 쳐다봐라, 얼굴 뚫어지겠다!"

명진이 소리쳤다. 정혜도 나도 영주에게는 가자는 말을 하지 않았다. 말해도 안 갈 게 뻔했다. 공부벌레 영주는 한 달에 한 번 잠깐 집에 다녀올 때를 제외하고는 일요일에도 꼬박꼬박 학교에 갔다. 학교 운동장 한쪽에 2층짜리 독서실이 있었다. 정예 요원만 선발해 운영하는 교장 선생님의 야심 찬 작품이었다. 교실에 남은 학생들이 여름에는 더위에, 겨울에는 추위에 떨며 공부할 때 독서실 아이들은 사계절 따뜻하고 쾌적한 공기 속에서 공부했다. 그런 혜택을 누리는 행운아들은 대부분 3학년이었다. 하지만 3학년이라고 누구나 독서실에 자리를 가질 수 있는 것은 아니었다. 학생은 넘쳐

나고 자리는 부족했다. 그래서 성적순으로 잘랐다. 예외가 딱 다섯 명 있었다. 3학년도 아니면서 귀하디귀한 독서실 자리를 차지한 인물들, 2학년이 세 명, 1학년이 두 명, 차세대 정예 요원이었다. 그 1학년 둘 중 하나가 바로 영주였다. 우리는 영주에게 같이 가자고 말하지 못했다.

우리가 집을 나설 때 영주도 함께 나섰다. 우리가 횡단보도를 건널 때 영주도 함께 건넜다. 우리가 버스를 기다릴 때 영주도 함께 기다렸다. 우리가 버스를 탈 때 영주도 함께 탔다. 어? 깜짝 놀란 내가 물었다.

"넌 왜 여기 있어?"

명진이도 눈을 동그랗게 뜨고는 물었다.

"우리 보내고 학교 가는 거 아니었어?"

"시험공부, 할 만큼 했어. 하루쯤 머리 식히는 것도 나쁘지 않을 것 같고."

별거 아니라는 듯 영주가 대답했다.

"잘 생각했어."

영주의 어깨를 툭 치며 명진이 말했다. 우리는 버스 맨 뒷자리에 나란히 앉았다. 버스는 순식간에 자취촌과 학교를 지나 시내로 들어갔다. 종합터미널에 내린 우리는 시외버스로 갈아탔다. 버스는 또다시 붐비는 시내를 지나고 도심 바깥 초대형 간판들이 세워진 도로를 지나 논밭을 옆구리에 끼고 달렸다. 한 시간 삼십 분 뒤 시외버스에서 내린 우리는 또다시 시내버스로 갈아타고 또 하염없이 달렸다. 이번에는 구불구불 휘어지는 비포장도로였다. 집에 자주 안 가는 이유가 있었구나. 영주가 중얼거렸다. 우리는 버스가 방향을 트는 대로 오른쪽으로, 혹은 왼쪽으로 번갈아 쓰러지고 툭하면 위로 튀어 오르느라 지칠 대로 지쳐버렸다. 정혜 혼자 말짱한 얼굴로 앉아 창밖 풍경을 감상했다.

언니다!

버스에서 내린 우리를 향해 아이들이 몰려들며 소리쳤다. 어떤 아이들은 저 멀리 놀이터에서부터 맹렬한 속도로 달려왔다. 우리는 아이들의 무리에 둘러싸였다. 아이들이 재잘재잘 떠들어댔는데 무슨 소린지는 하나도 알아들을 수 없었다.

"우리 온다는 얘기 간호사 언니한테 들었대. 그래서 버스 도착할 시간에 맞춰 밖에 나와 기다리고 있었다고."

나중에 정혜가 설명해주었다. 또 정혜는 말했다.

"부모가 없는 아이들이야."

정혜네 복지관에는 몸이나 정신이 아픈 어른들만 있는 게 아니었다. 2층짜리 건물 한 동이 부모 없는 아이들의 생활공간으로 쓰였다. 가장 어린 애가 일곱 살, 가장 큰 애가 중학교 3학년이었다. 코밑 거뭇거뭇한 남자애 하나가 멀찍이 떨어져서 우리 쪽을 흘끔거렸다.

"너희들은 여기서 놀고 있어."

복지관 내의 놀이터를 지날 때 정혜가 아이들에게 말했다. 아이들은 말을 잘 들었다. 동그랗게 둘러쌌던 벽을 허물고 순순히 우리를 보내주었다. 우리는 자유의 몸이 되어 정혜를 따라 복지관 깊숙이 들어갔다. 곳곳에서 마주친 직원들은 친절한 미소로 우리를 맞아주었다. 간혹 몸이나 정신이 아픈 어른들을 마주칠 때도 있었다. 오리털 파카 속에 몸을 웅크린 그들은 가던 길을 멈추고 멍한 시선으로 우리를 바라보았다. 가끔은 우리를 향해 말없이 손을 내밀기도 했다. 그러면 정혜가 천 원짜리 한 장을 꺼내 손바닥 위에 올려주었다. 뭐야? 명진이 귓속말로 물었을 때 정혜가 대답했다.

"담뱃값이 필요하다는 뜻이야."

정혜의 아버지는 우리를 똑바로 쳐다보지 않았다. 친구들이 멀리까지 왔구나. 그 말을 할 때도 시선은 우리 머리 위 어딘가를 배회했다. 빼빼 마른 몸에 안경만 유독 커 보였다. 시선을 옮길 때마다 미간의 주름이 꿈틀거렸다.

"우리 정혜 잘 부탁한다."

정혜의 아버지가 말했다. 우리는 이렇게 대답해야 할지 몰라 서로 눈치만 보았다. 잘못한 것도 없으면서 괜히 주눅이 들었다. 천장까지 쌓인 책과 꿈틀거리는 미간, 그리고 낯설면서도 미묘한 분위기에 우리는 압도당해 있었다.

"걱정 마, 아빠."

정혜가 말했다. 우리는 관장실을 나와 정혜의 방으로 향했다. 올라갈 때 만났던 천 원짜리 아저씨를 내려갈 때 또 만났다. 그는 이번에도 말없이 손을 내밀었다. 정혜는 그 손에 천 원짜리 한 장을 놓아주었다. 아까 드렸잖아. 명진이 속삭였다.

"이건 커피 값. 커피 없이는 못 사셔."

정혜도 속삭였다.

"네가 무슨 천사라도 되는 줄 아니?"

영주가 투덜거렸다.

"저 사람들 덕분에 먹고살잖아, 우리."

태연한 얼굴로 정혜가 말했다. 명진이 얼른 끼어들었다.

"아버지 정말 카리스마 짱이시네."

"꼭 학자 같았어."

나도 한마디 거들었다. 그러자 영주가 시니컬하게 말했다.

"청소는 좀 해야겠더라. 온통 먼지야. 우리가 한마디도 못한 건 기에 눌려서가 아니라 입으로 먼지 들어갈까 봐서였어."

정혜가 깔깔거리며 웃었다. 아빠한테 전해줄게, 그렇게 말하고는 또 깔깔 웃었다. 아무튼 웃음 코드가 이상하다니까. 영주가 중얼거렸다.

정혜는 우리를 위해 오랜만에 기타를 잡았다.

"이 년 만이야."

정혜가 말했다. 기타 연주가 시작됐다. 낯익은 선율이 가만가만 방 안을 떠다녔다.

"로망스다!"

명진이 말했다.

"튜닝이 안 돼 있어."

곡이 채 끝나기도 전에 정혜가 기타를 내려놓았다.

"왜? 듣기 좋은데."

내가 말했다.

"튜닝이 안 돼 있어."

정혜가 말했다.

"너 까먹었지?"

명진이 넘겨짚었다.

"들켰네."

"끝까지 기억하는 곡 없어?"

내가 물었다. 기타 연주가 너무 빨리 끝나서 아쉬웠다.

"튜닝이 안 돼 있어."

정혜는 세번째 같은 말을 했다. 나는 포기했다. 2년 만에 빛을 본 기타는 단 몇 분 만에 다시 검정 가죽 케이스 속으로 들어갔다.

"밥 먹으러 가자."

정혜가 우리를 방에서 몰아냈다.

식당에서 우리는 다시 아이들에게 둘러싸였다. 아이들은 밥을 먹으면서 끊임없이 우리를 힐끔거렸고 그러다 눈이 마주치면 까르르 웃었다. 조금 큰 아이들은 수줍은 듯 소리 없이 웃었다. 어떤 아이들은 자기 반찬을 우리 식판에 슬쩍 놓아주고 가기도 했다. 반찬을 가장 많이 받은 사람은 내내 웃고 있는 나나 아이들의 질문에 일일이 답해주는 명진이 아니라 무표정한 얼굴로 밥만 먹는 영주였다.

"밥 다 먹은 거 안 보여? 이러지들 마, 애들아."

영주가 차갑게 말했다. 그러자 재밌는 농담이라도 들었다는 듯 아이들이 일제히 까르르 소리 내 웃었다. 식당에서 나온 뒤에는 아이들이 이끄는 대로 끌려갔다. 서로 자기네들 방으로 우리를 데려가기 위해 경쟁했다. 방 하나에 책상이 일곱 개씩이었다. 책상 아래에는 옷을 담는 바구니가 하나씩 있었고, 차곡차곡 개켜진 이불이 한쪽 벽면을 다 차지하고 있었다.

우리는 이 방 저 방으로 끌려다녔다. 아이들은 보물 상자에 고이 간직했던 상장도 꺼내 보여주고, 언제 것인지 알 수 없는 성적표도 보여주었다. 네가 공부를 이렇게 잘해? 이 공책이 다 상으로 받은 거야? 명진은 아이들의 장단에 맞춰주기 위해 정신없이 바빴다. 정혜는 다가오는 아이들마다 머리를 쓰다듬어주었다. 영주는 아이들에게 끌려다니기만 할 뿐 말도 없고 웃지도 않았다. 그래도 영주를 차지하려는 다툼이 가장 치열했다. 나는 초등학교 고학년 남자애들에게 인기가 있었다. 남자애들은 머리를 긁적이며 자기네들 방을 구경시켜주었다.

오후 세 시 무렵, 우리는 복지관을 나섰다. 아이들이 따라 나왔다. 먼지를 일으키며 달려온 버스가 우리 앞에 멈춰 섰다. 아이들은 보내야 할 때를 잘 알았다. 버스가 다가오자 우리를 잡았던 손을 놓았다. 눈망울에 눈물이 맺히면서도 가지 말라고 붙들지 않았다. 버스가 출발했다. 우리는 맨 뒷자리로 가서 아이들이 보이지 않을 때까지 손을 흔들었다.

"과자라도 사올걸 그랬어."

우울한 목소리로 명진이 말했다.

"귀엽네, 애들."

영주가 중얼거렸다. 영주의 목소리 역시 가라앉아 있었다. 명진의 기분 전환을 위해 계획한 나들이였는데 분위기가 너무 무거워져 버렸다. 그럼 복지관 갈래? 제안했던 정혜는 혼자만 아무렇지 않은 얼굴로 창밖을 내다보고 있었다. 나는 한숨을 쉬다가 잠시 뒤에는 피식 웃어버렸다. 내가 하는 일이 그렇지 뭐, 중얼거리며.

3

정혜 방의 불이 꺼져 있었다. 정혜 방뿐만 아니라 다른 아이들의 방도 캄캄했다. 모두 어디로 갔지?

"올 때 두통약 좀 사다 줘."

저녁을 먹고 일어설 때 정혜가 부탁했었다. 나는 알았다고 했다. 정혜는 이부자리를 펴고 누웠다. 야자를 마친 뒤 나는 약국으로 가고 다른 아이들은 바쁘다며 먼저 집으로 갔다. 왜가리가 떠난 마을은 적막했다. 왜가리의 날갯짓 소리도, 울음소리도 들리지 않는 마을이 낯설었다. 곳곳에 가로등이 켜져 있었지만 밝다는 느낌은 들지 않았다. 기분 때문이라는 걸 알면서도 나는 뛰어서 집으로 왔다. 모두 어디로 갔지?

정혜의 방문을 두드렸지만 대답이 없었다. 잠이 든 모양이라고 생각했다. 조용히 방문을 열고 안으로 들어갔다. 그 순간 뭔가가 나를 덮쳤다. 이불이었다. 아니, 누군가가 나에게 이불을 덮어씌웠다. 그런 뒤에는 와, 소리를 지르며 내 등을 두드렸다. 잠시 후 방 안에 불이 켜지고 이불이 치워졌다. 나는 헝클어진 머리를 두 손으로 감싸고 고개를 들었다. 야아! 내 입에서 그런 소리가 나가고 있었다. 두려움과 안도와 원망이 뒤섞인 소리.

"많이 놀랐어?"

명진이 물었다. 나는 놀라서 죽을 뻔했다고 엄살을 떨었다. 생일 축하해. 주애가 말했다. 나도. 정혜가 방긋 웃으며 말했다.

"온 집 안의 불이 다 꺼졌는데 이런 상황쯤 예상했어야 되는 거 아냐?"

역시 영주는 영주답게 말했다.

"생일인 거 어떻게 알았어?"

"너희 아버지한테 들었지."

내가 묻자 명진이 대답했다. 어제저녁 아버지는 반찬을 가지고 자취방에 왔다. 아이들이 좋겠다며 부러워할 때 나는 고개를 떨어뜨렸다. 차마 아버지가 집에서 살림한다고 말할 수가 없었다. 30분 넘게 마주 앉아 있는 동안 아버지는 내 생일 얘기는 한마디도 하지 않았다. 그렇다고 말없이 앉아 있기만 한 것도 아니었다. 마치 말 상대를 찾아왔다는 듯 학교 가야 하는 나를 붙잡고 내내 수다를 떨었다. 살림하느라 손가락에 주부습진이 생겼다는 얘기도 하고, 시장이 너무 멀어서 장 한 번 볼 때마다 어깨가 빠진다는 얘기도 했다.

"참, 가게 나갔다. 이제 완전히 끝난 거야. 내 인생도 끝났어. 네 엄마는 이제 대놓고 늦는다. 이틀 중 하루는 술 마시고 들어오고. 이게 말이 되냐. 돈 번다고 유세 떠는 것도 아니고⋯⋯"

딸 생일도 기억 못하는 아버지가 섭섭해서 나는 볼이 부은 채로 앉아 있다가 30분이 지났을 때 학교 가야 한다며 일어섰다.

"생일 파티하라고 돈까지 주셨어."

주애가 말했다. 한쪽으로 치워놓았던 상을 정혜와 영주가 방 가운데로 옮겼다. 상 위에는 갖가지 먹을거리가 가득했다. 내가 학교가 있는 동안 정혜와 주애가 차렸다고 했다. 비록 분식점에서 산 음식이 다였지만 그래도 눈물 나게 고마웠다. 주애가 케이크에다 초를 꽂았다. 정혜가 라이터로 불을 붙였다. 영주가 형광등을 껐다. 명진의 선창으로 노래가 시작됐다. 마침내 나는 진짜 열일곱 살이 되었다. 생일 축하해! 노래가 끝나고 아이들이 한목소리로 외쳤다. 나는 싱긋 웃으며 촛불을 껐다. 아이들이 박수를 쳤고 그것으로 축하는 끝났다. 이제 진짜 파티 시간이 된 것이다.

"난 저녁도 안 먹었어."

주애가 말했다.

"난 조금."

정혜가 맞장구쳤다. 어쩐지 오늘따라 다들 저녁을 조금씩밖에 안 먹는다 싶었다. 굶주린 중생들답게 아이들은 초를 뽑자마자 음식에 달려들었다. 주인공인 나는 안중에도 없었다. 나는 순식간에 탕수육보다, 떡볶이보다 못한 존재가 되었다.

"선물은 없어?"

내가 물었다. 아차참. 주애가 과장된 동작으로 이마를 쳤다. 주애의 선물은 토끼 인형이 달린 열쇠고리였다. 그것은 얼마 전까지도 주애의 가방들 중 하나에 매달려 대롱거리고 있었다.

"쓸 만큼 쓰고 이제 나한테 버리는 거야?"

"그래도 그거 물 건너온 거야. 영국."

말은 그렇게 했지만 주애가 아끼는 물건들 중 하나라는 걸 알고 있었다. 나는 토끼 인형 열쇠고리를 볼 때마다 주애가 부러웠다. 방학 때마다 해외로 나가는 것 때문이 아니라 부모님과 함께 여행하는 것 때문이었다.

정혜는 곰 인형 스티커가 붙은 일기장을 내놓았다.

"너는 안 쓰면서 나한테만 일기 쓰라고?"

"일기장 싫으면 가계부로 쓰든지."

사실 나는 매일매일 일기를 쓰고 있었다. 일기도 쓰고 낙서도 하고 가끔은 시도 썼다.

영주의 선물은 연필 열두 자루였다.

"뭐야? 내가 초등학생이야?"

"난 연필로 공부할 때 더 잘되던데."

나는 필기구로서 볼펜보다는 연필을 선호하는 편이었다. 옅은 갈색빛 나는 연필이 마음에 들었다.

명진의 선물은 책이었다.

"『인디언 옥수수』가 뭐야? 뜬금없이 웬 요리책?"

"요리책 아니고 철학책이거든."

철학엔 취미가 없었지만 왠지 『인디언 옥수수』는 재미있을 것 같
았다. 인디언과 옥수수 모두 내가 좋아하는 단어였다. 이즈음 읽고
있는 투르게네프의 『아버지와 아들』도 명진이 선물한 책이었다. 정
작 본인은 읽지 않으면서 명진은 책 선물하는 걸 좋아했다.

선물 증정식이 막 끝났을 때 누군가가 정혜 방 앞에서 내 이름을
불렀다. 방문을 열자 목사님의 외동따님인 은혜가 마당에 서 있었
다. 들어오라고 하면서도 우리는 얼떨떨해했다. 한 집 너머가 교회
였지만 은혜가 우리 자취 집으로 온 것은 처음이었다. 지금까지 은
혜에게 우리는 사탄에 버금가는 존재였고, 우리에게 은혜는 얼굴
예쁘고 세상 물정 모르는 목사님의 외동따님에 불과했다. 일요일
저녁이면 여전히 변심한 탕아를 체포하기 위한 수색전이 벌어졌다.
1주일마다 반복되는 그 같은 전쟁 뒤에 은혜의 지시가 있다고는 말
할 수 없지만 적어도 묵인이 있다는 것은 확실했다. 그런 은혜가 우
리 자취 집으로 왔다. 그것도 내 이름을 부르며.

"생일 축하해."

은혜가 말했다. 은혜의 선물은 두꺼운 대학 노트였다. 나는 겉장
을 펼친 뒤 손바닥으로 종이를 쓰다듬었다. 반질반질 윤기 흐르는
종이의 감촉이 손바닥을 타고 온몸으로 전해졌다. 전율이 일었다.

"고마워."

나는 진심을 담아 말했다.

"여기 한번 와보고 싶었어."

은혜의 맑은 눈동자가 우리를 둘러보았다.

"왜? 전도하려고?"

주애가 물었다. 주애의 눈동자는 궁금증으로 반짝거리고 있었다. 은혜가 환하게 웃으며 말했다.

"다 같이 친하게 지내면 좋잖아."

"저녁은 먹었어?"

은혜 앞에 젓가락을 놓아주며 내가 물었다. 은혜는 방긋 웃으며 젓가락으로 케이크를 찍어 먹었다. 어색한 분위기는 좀처럼 풀리지 않았다. 영주는 미심쩍은 눈으로 은혜를 지켜보았다. 명진은 의아한 얼굴이었다. 정혜는 촛불을 켜놓고 말없이 담배를 피웠다.

"한문 선생님 이제 안 오셔?"

문득 은혜가 물었다. 우리는 아무도 대답하지 못했다. 너무 뜬금없는 물음이었다. 한문 선생님이란 우리 담임 선생님을 뜻했다. 지난 9월 이후 선생님은 우리 자취 집을 방문하지 않았다.

"지난번에 선생님 오셔서 커피 마시고 놀았다며? 다음에…… 선생님 또 오시면 나도 좀 불러줄래?"

"왜?"

명진이 물었다.

"그냥. 아니…… 재밌을 거 같아서……"

우리는 조심스럽게 눈빛을 주고받다 결국 웃음을 터뜨렸다. 주애가 제일 크게 웃었다. 정혜마저도 빙긋 미소 지었다. 우리 담임 선생님은 아이들에게 인기가 많았다. 짝사랑한다는 아이도 여럿이었다. 2, 3학년 선배들도 예외는 아니었다. 교무실의 선생님 책상에는 늘 꽃과 자잘한 선물들이 놓여 있었다. 선생님에게 잘 보이기 위해 한문만 공부하는 아이들도 있었다. 20대 후반의 키 크고 잘생긴 총각 선생님이었다. 1년차 경력답게 순진한 면도 있었다. 굵직한 회초리를 들고 다니긴 했지만 함부로 휘두르지는 않았다. 반 평균이 내려갔거나 어떤 일로 반의 명예가 떨어졌을 때만 사용했다. 지난번 스승의 날 때 선생님은 두 손으로 다 들 수 없을 정도로 많은 선물을 받았다. 내용물은 별거 없어도 포장지만큼은 화려했다. 선물 살 시간 있으면 공부나 더 해. 선생님이 말했다. 하지만 그날 하루 종일 선생님의 얼굴에서는 미소가 떠날 줄 몰랐다. 남학교로 가든가 해야지 서러워서 못 살겠다. 처녀 선생님들이 푸념할 만도 했다.

"알았어, 부를게. 언제 오실지는 모르겠지만."

명진이 말했다.

"대입학력고사 있잖아. 어쩌면 그날 저녁에 오시지 않을까?"

은혜의 예측이었다. 그렇지만 그날은 3학년 선배들에게나 해방의 날이지 우리에게는 아니었다. 하긴 시험 백일 전에도 들렀는데 시험 당일 오시지 않는다는 법이 어디 있는가. 우리는 다시 한 번 선생님이 오시면 부르겠다고 약속했다.

"이 케이크 정말 맛있다."

더 이상 할 말이 없어진 은혜가 케이크 타령을 하며 조금 더 앉아 있다 집으로 돌아갔다.

"난 짝사랑은 취미 없어."

주애가 말했다.

"굳이 짝사랑할 필요가 없는 거겠지."

명진의 대꾸였다.

"그렇긴 해. 중학교 때도 하루에 몇 통씩 남자애들 편지 받곤 했거든. 그래서 엄마는 만날 초긴장 상태였고. 완전 개코라니까. 아무리 감쪽같이 숨겨도 귀신같이 찾아내."

남학생들에게 인기가 많은 것은 지금도 마찬가지였다. 남학생들은 다른 아이를 통해 주애에게 편지를 전하거나 소개팅을 부탁했고, 가끔은 학교 근처로 와서 주애를 훔쳐보기도 했다. 너무 많은 사랑을 받아서인가, 정작 주애는 어떤 남학생이 다가와도 심드렁했다.

짝사랑 얘기가 나올 때부터 영주의 얼굴이 굳어졌다. 나는 그 이유를 알고 있었다. 언젠가 명진이 말해주었다. 명진은 영주와 같은 중학교를 다닌 아이에게서 들었다고 했다. 영주의 짝사랑이야말로 아프고 독했다. 사회 선생님이었다. 부인은 없고 쌍둥이 아들만 둘이었다. 처음에 영주의 사랑은 여느 아이들처럼 선생님의 책상을 청소하고 꽃병에 꽃을 꽂는 정도였다. 선생님이 보이면 달려가 인사하고 사회 시간에 질문을 많이 하는 똑똑한 아이. 하지만 영주는 거기서 멈추지 않았다.

어느 날부턴가 영주는 선생님의 점심 도시락을 싸왔다. 그러더니 곧 선생님의 집을 드나들기 시작했다. 선생님이 퇴근해서 집으로 돌아가면 영주가 선생님의 초등학생 아들들을 앞에 앉히고 공부를 가르치고 있기 일쑤였다. 선생님의 집을 청소했고 빨래를 했고 밥을 했다. 일요일에는 하루 종일 선생님의 집에서 지냈다. 아이들이 수군대도 상관하지 않았다. 다른 선생님들이 미심쩍은 눈으로 쳐다보아도 끄떡도 하지 않았다. 입을 꼭 다물고서 사회 선생님을 위해 자신이 가진 모든 시간을 바쳤다. 결국 사회 선생님은 영주의 3학년 여름방학을 앞두고 다른 학교로 옮겨 갔다. 영주의 성적을 위해서였다. 선생님이 떠난 뒤 영주는 1주일 동안 결석했다. 곧이어 여름방학이 시작됐다. 2학기 중간고사에서 영주는 1위 자리를 탈환했다. 1학기 기말고사 등수에서 2백 계단 상승이었다.

"난 연애해보고 싶어."

정혜가 말했다.

"그러다 임신하면 어쩌려고?"

눈을 동그랗게 뜨고 주애가 물었다. 올해 초 3학년 선배 하나가 임신을 했다. 모두를 감쪽같이 속이고 있다가 5개월이 됐을 때야 같은 반 친구들에게 들켰다. 상대는 시내의 고등학교에 다니는 동갑내기 남학생이었다. 그런 소문은 아무리 쉬쉬해도 입에서 입으로 전해지기 마련이었다. 1주일도 되기 전에 학생들 대부분이 알게 됐고 결국 선생님의 귀에도 들어갔다. 학교가 발칵 뒤집혔다. 선배는 징계위원회가 열리기 전에 스스로 학교를 떠났다.

"연애만 하면 돼."

정혜가 말했다.

"그래도 난 무서워."

주애의 얼굴이 두려움으로 일그러졌다. 명진은 두 팔로 무릎을 감싼 채 벽에 기대앉았다. 눈빛이 공허해 보였다. 나는 명진에게 농담을 던졌다.

"넌 왜 이렇게 조용하냐? 그 대학생 오빠 생각하는 거지? 놓치기 싫으면 얼른 집에 가라."

그러자 명진이 피식 웃었다. 돌아오는 대답은 없었다.

자정어 가까워졌을 때 우리는 상을 치우고 각자의 방으로 흩어졌다. 살찌면 안 돼. 주애는 마당에서 줄넘기를 했다. 바람을 가르는 소리가 꽤 오랫동안 들렸다. 그 소리 사이사이로 할아버지의 방에서 기침 소리가 들렸다. 명진의 방에서는 라디오 소리가 들렸고, 영주의 방에서는 영어 문장 읽는 소리가 들렸다. 아무런 기척도 없이 시간이 흘러 오늘이 어제가 되었다. 나는 이불을 펴고 누웠다. 왜가리 울음소리가 들리지 않는 마을은 아무래도 쓸쓸했다.

4

"미팅 날짜 잡았어."

쉬는 시간에 주애가 다가오더니 소곤거리듯 말했다. 너? 내가 묻
자 활짝 웃으며 고개를 살랑살랑 흔들었다.

"그럼 나?"

"너희들 모두."

"그게 가능해?"

"내가 가능하게 만들었지."

"넌?"

"난 주선자."

"왜?"

"서로 날 차지하려고 싸울까 봐."

옆에서 듣고 있던 명진이 웃음을 터뜨렸다. 몇몇 아이들이 우리

쪽을 돌아보았다. 나는 목소리를 한껏 낮추고는 언제냐고 물었다. 미팅을 하다 걸리기라도 하는 날에는 반성문 폭탄이 떨어졌다. 반성문으로 끝나는 것은 초범일 경우였고 재범은 2, 3일 정학까지도 각오해야 했다. 그래도 아이들은 선생님의 눈을 피해 미팅을 했다. 빵집에서 하고 중국집에서 하고 만화방에서 했다. 가장 조심해야 할 것은 선생님이 아니라 오히려 옆에, 앞에, 뒤에 앉아 있는 아이들의 귀였다. 그리고 아이들의 입이었다. 선생님의 스파이여서가 아니었다. 선생님들은 주로 삼삼오오 모여 떠드는 아이들에게서 정보를 얻었다. 때로는 입단속이 허술한 아이가 무심코 던진 말에서 힌트를 얻기도 했다.

"내일."

주애가 말했다.

"내일?"

나도 모르게 목소리가 커졌다. 기말고사가 끝난 게 고작 어제였다. 헛웃음이 나왔다.

"왜? 다른 약속 있어?"

주애가 물었다. 내가 왜 웃는지 몰라 어리둥절한 얼굴이었다. 그때 명진이 웃음을 깨물며 말했다.

"그래서 수업 시간 내내 다른 줄 애랑 서로 쪽지 날렸냐? 선생님 눈 피하느라 고생했다."

정혜와 영주의 반응도 나와 다르지 않았다. 집에 먼저 도착해 세수를 하고 있던 정혜가 내일? 되물었다. 미팅 못해서 죽은 귀신이 붙었나. 이건 영주의 반응.

"이제 야자도 끝났는데 뭐가 문제야? 한다고 했으니까 그렇게 알아."

주애가 못을 박았다. 기말고사가 끝나면 1학년은 야간 자율학습을 하지 않았다. 대신 방학을 마치고 개학하자마자 또 시험을 쳐야 했다. 2차 기말고사였다. 1차와 2차를 합산한 점수가 기말고사 최종 성적이었다. 점수 계산에 있어서 1차보다 비율이 낮다고는 해도 그래도 시험은 시험이었다. 둘 중 한 시험이라도 망친다면 높은 점수를 기대할 수 없었다. 너무 악랄해. 기말고사를 두 번 치른다는 걸 안 날 주애는 주먹을 움켜쥐고는 치를 떨었다. 우리 학교를 저주했고 교장 선생님을 원망했다. 우리는 방학 때도 마음 놓고 놀지 못할 운명이었다.

"영주 너 빠진다고 하면 앞으로 다시는 네 얼굴 안 볼 거야."

주애의 엄포에 영주는 한숨으로 맞받아쳤다.

저녁을 먹은 뒤 우리는 생애 첫 미팅을 앞두고 싱숭생숭한 마음으로 정혜 방에 모였다. 기대와 걱정이 뒤섞인 미묘한 분위기가 이어졌다.

"어떤 애들이 나올까? 궁금해 죽겠어."

먼저 침묵을 깬 사람은 미팅 당사자도 아닌 주애였다. 주애의 얼굴이 발그레했다.

"일학년 끝나기 전에 미팅 한번 해보고 싶다더니 다들 소원 풀겠

네."

영주가 말했다. 영주는 세운 무릎 위에 머리를 얹고 있었다.

"정혜 넌 절대 담배 피운다고 말하지 마."

내가 말했다. 아무렇지 않은 척했지만 생애 첫 미팅을 앞두고 떨리는 것은 어쩔 수 없었다.

"현진이 넌 시니컬한 표정 금물이야. 남자들이 십 리 밖까지 도망갈걸?"

명진이 말했다. 명진은 목까지 이불을 덮고 있었다.

"넌 아는 척 금물이고? 남자 친구 있어본 적도 없으면서 열쯤은 만난 것처럼 굴잖아."

영주가 명진에게 말했다. 내가? 명진이 묻더니 고개를 갸웃거렸다. 쌤통이다. 나는 명진에게 혀를 쏙 내밀었다.

"영주 넌 제발 웃어라. 네 얼굴 보고 있으면 잘못한 것도 없으면서 괜히 움찔한단 말이야."

주애가 말했다. 영주가 주애를 쩨려보았다. 그러자 주애는 과장되게 주눅 든 표정을 지어 보였다. 영주가 피, 소리를 내며 쓴웃음을 지었다.

"우리 파이팅 한번 할래?"

정혜가 제안했다. 우리는 다들 오른손을 내밀었다. 하나 둘 셋, 파이팅! 우리는 앉은 채 팔을 위로 쭉 뻗으며 파이팅을 외쳤다. 갑자기 정혜가 깔깔거리며 웃었다. 다들 영문을 몰라 정혜를 쳐다보았다.

"말똥구리 같아서…… 우리…… 눈만 내놓고…… 너무 웃기잖
아."

정혜는 웃음을 그치지 못했다. 우리는 서로를 돌아보았다. 이불
속에 파묻힌 채 눈만 빠끔 내놓고 있는 모습이 조금 웃기기는 했지
만 정혜처럼 깔깔 뒤로 넘어갈 정도는 아니었다. 우리는 어이가 없
어서 피, 피, 소리를 내며 실소했다. 아무튼 이상하다니까. 주애가
투덜거렸다. 어쨌거나 우리는 정혜 덕분에 미팅이라는 부담감에서
한결 가벼워질 수 있었다.

"수도꼭지가 얼었어."

영주가 말했다. 영주는 바지 주머니에 두 손을 찔러 넣은 채 마루
에 앉아 있었다. 나는 하품을 하며 수도꼭지를 돌렸다. 꿈쩍도 하지
않았다. 손가락이 수도꼭지에 달라붙었다. 입을 벌릴 때마다 하얗
게 입김이 쏟아져 나왔다. 잠시 망설이다 대문으로 향했다.

"우물도 얼었어."

또 영주가 말했다. 영주의 입술이 새파랬다. 그렇게 마루에 앉아
서 우리가 일어나기를 기다린 모양이었다. 아직 해도 뜨지 않은 아
침이었다. 거기다 하늘에는 구름까지 잔뜩 껴 있었다.

"어떡하지?"

"뜨거운 물로 녹여야겠지."

당황하는 나에 비해 영주는 지나치게 담담했다. 나는 잠깐 고민
했다. 해도 뜨지 않은 아침, 구름 낀 하늘, 얼어붙은 수도꼭지, 방

학까지 고작 보름. 정말 학교 가기 싫은 날이었다. 날씨는 또 오라지게 추웠다. 가지 말까, 생각하는데 반드시 가야 할 이유 하나가 떠올랐다. 미팅. 학교는 빠지면서 미팅엔 간다면 너무 치사할 것 같았다. 아니, 그보다 신나게 놀려댈 아이들이 더 두려웠다.

부엌에서 물통을 들고 나왔다. 물이 반쯤 차 있었다. 자기 전에 아무리 물통을 꽉꽉 채워놓아도 아침이면 늘 반밖에 남아 있지 않았다. 물은 야금야금 수증기로 진화해 내 부엌을 빠져나갔다.

바가지로 물을 떠서 수도꼭지에 부었다. 따뜻한 김이 솟아올라 내 몸을 감싸고 돌았다. 한 바가지를 더 부었다. 다시 따뜻한 김이 솟아올라 내 볼을 어루만졌다. 얼었던 볼이 녹으며 부드러워지는 게 느껴졌다. 수도꼭지를 돌려보았다. 꼼짝도 하지 않았다.

"그걸론 안 될 거야. 수도를 쌌어야 했어. 사람만 추위를 타는 게 아닌데."

새파랗게 언 입술로 영주가 말했다. 물 한 방울 떨어뜨리지 않는 수도꼭지보다 오히려 영주가 더 걱정될 정도였다. 나는 다시 한 바가지를 부었다. 수도꼭지는 고집을 꺾지 않았다. 물통의 물을 싹싹 긁어 또 한 바가지를 부었다. 그래도 수도꼭지는 완강하게 입을 다물고 있었다. 그제야 나는 사태가 만만치 않다는 것을 깨달았다. 아이들을 깨웠다. 방마다 뛰어다니며 문을 두드렸다. 명진이 나오고 정혜가 나오고 주애가 나왔다. 물통 세 개가 나란히 수돗가에 놓였다. 우리는 수도꼭지를 둘러싸고 서서는 한 바가지씩 물을 부었다. 영주는 여전히 두 손을 바지 주머니에 찔러 넣은 채 마루에 앉아 있었다.

"나온다!"

주애가 비명을 질렀다. 뜨거운 물 두 통 반을 뒤집어쓴 뒤에야 수도꼭지는 물을 토해놓았다. 하지만 문제는 거기서 그치지 않았다. 수도꼭지가 토해놓은 물은 끔찍하게 차가웠다. 세수는커녕 손가락 하나 집어넣는 데도 용기가 필요했다.

"이럴 줄 알았으면 수도꼭지 녹이는 대신 그냥 뜨거운 물 식혀서 쓰는 건데……"

내가 중얼거리자 옆에서 명진이 거들었다.

"그러게. 우리는 꼭 저질러놓고 깨닫는단 말이지."

주애는 한숨을 푹푹 쉬었다. 남은 더운물은 한 통 반, 사람은 넷 혹은 다섯. 영주는 평소에도 찬물로 머리를 감았다.

"난 상관하지 말고 너희들끼리 나눠서 써."

영주가 말했다. 그로써 더운물 한 통 반에 사람이 넷. 우리는 아침을 굶는 데 합의했다. 아무도 반대하지 않았다. 굶어야 할 이유도 있었다. 미팅 때문이었다. 머리는 감아야 했다. 감아야 할 이유도 있었다. 역시 미팅 때문이었다. 하지만 한 통 반의 물로 네 사람이 머리를 감을 수는 없었다. 세수를 하는 것만도 빠듯했다.

"난 하루라도 안 감으면 머리카락이 철심으로 돌변한단 말이야."

주애가 말했다.

"그럼 찬물로 감아."

정혜가 해답을 내놓았다.

"넌? 감을 거야?"

"아니."

정혜의 대답은 명쾌했다.

"머리 감을 사람?"

주애가 물었다. 아무도 대답하지 못했다. 뒤늦게 영주가 말했다.

"같이 감자."

결국 영주는 감고 주애는 감지 못했다. 정혜는 감을 필요성을 느끼지 못했다. 명진과 나는 한참을 망설이다 세수만 했다. 얼음까지 동동 떠다니는 물에 도저히 머리를 박아 넣을 엄두가 나지 않았다.

우리는 하루 종일 머리를 긁어댔다. 미팅 시간이 가까워질수록 가려움은 더 심해졌다. 심리적인 거야, 마음을 가라앉혀야 해. 그렇게 말한 명진도 별수 없었다. 부러뜨리기 전에는 머리로 향하는 손가락의 행진을 막을 수 없었다. 더 기가 막힌 깃은 아무리 긁어도 만족할 만큼 시원함을 느끼지 못한다는 것이었다.

결과적으로 그날의 미팅은 실패였다. 우리는 대화에 집중하지 못했다. 게다가 상대 남자들은 주애만 바라보았다. 우리도 질문을 받기는 했지만 주선자인 주애에 비할 바가 못 되었다. 마치 주애를 보기 위해 미팅 자리에 나온 사람들 같았다. 형식적인 대화만 몇 마디 주고받다 한 시간도 못 돼 자리에서 일어났다. 허탈하기 짝이 없었다.

"미팅이 이런 건 줄 알았으면 안 나왔을 거야."

돌아오는 버스 안에서 명진이 말했다. 명진은 버스 창에다 머리를 콩콩 찧었다.

"열쇠고리는 꺼내보지도 못했어."

내가 말했다. 전날 밤 주애는 커플을 정해야 하니까 각자 물건 하나씩을 준비하라고 했었다.

"아, 배부르다. 그래도 빵은 양껏 먹었네."

정혜가 중얼거렸다. 정혜는 버스 창에 머리를 기댄 채 밖을 내다보고 있었다.

"아이, 난 몰라. 꾀죄죄하다고 이제 소문 다 날거야."

주애는 울상을 지었다. 우리는 이구동성으로 더운물을 독식한 수도꼭지를 원망했다. 평소 모습대로만 나갔어도 이런 대접은 받지 않았을 거라고 목소리를 높였다. 그때였다. 조용히 듣고 있던 영주가 툭 내뱉었다.

"다들 왜 그래? 우리가 찬 거 아니었어? 괜찮은 놈 하나도 없던데, 뭘."

우리는 휘둥그레진 눈으로 영주를 돌아보았다. 영주는 무표정한 얼굴로 앉아 수학 문제집을 들여다보고 있었다. 맞아, 맞아. 우리는 얼른 맞장구쳤다.

"또 만나자고 했어도 우리가 거절했을 거야. 거절당할까 봐 아예 말도 못 꺼낸 거지. 우리가 좀 차갑게 굴었냐고. 영주 얼굴 좀 봐. 꼭 수학 선생님 같잖아."

주애가 말했다. 영주가 고개를 들더니 주애를 째려보았다. 그러자 정말 영주네 담임인 수학 선생님과 닮아 보였다. 무섭고 고지식

하지만 편애도 없는 수학 선생님. 주애가 두 손을 맞대더니 비는 시늉을 했다. 우리는 기회를 놓치지 않고 웃음을 터뜨렸다. 그 웃음 속에 우울도 함께 담아 날려 보냈다.

기나긴 겨울밤

1

12월 18일, 대입학력고사가 끝나고 3학년 선배들이 집으로 들어가면서 좀더 나은 방을 찾아 자취생들의 대이동이 시작되었다. 이 시기를 놓치면 1년 내내 괜찮은 방이나 마음 좋은 주인을 만나기가 힘들었다. 물론 연중에도 괜찮은 방이 빌 때는 있었지만 그것은 알음알음으로 채워지기 때문에 기회가 주어진다고 할 수는 없었다. 주애와 내가 바로 그렇게 채워진 경우였다.

대입학력고사가 끝나는 그 주 토요일과 일요일에 리어카 쟁탈전이 가장 치열했다. 리어카는 마을에 딱 두 대뿐이었다. 농사를 짓는 집도 대부분 리어카 대신 경운기나 트럭을 몰았다. 자취생들은 리어카를 빌리기 위해 1주일 전부터 말을 넣어놓지만 사실 아무런 소용이 없었다. 리어카 주인들의 기억력 때문이었다. 그들에게 우리는 개별적인 존재가 아니라 한 무리의 학생이자 자취생일 뿐이었

다. 결국 이삿날 제일 먼저 도착한 아이가 리어카를 차지하기 마련
이었다. 늦게 도착한 아이들은 자기들끼리 순서를 정한 다음 차례
가 돌아오기를 기다릴 수밖에 없었다.

우리 자취 집에서는 아무도 들고나는 사람이 없었다. 하지만 바
쁘기는 우리도 마찬가지였다. 여기저기서 이사를 도와달라는 요청
이 쇄도했다. 덩치 큰 물건들은 반드시 같이 드는 사람이 있어야 했
다. 리어카 역시 앞에서 끄는 사람이 있어야 한다면 뒤에서 미는 사
람도 있어야 했다. 대입학력고사가 끝나는 그 주 토요일과 일요일
에 가장 바쁜 사람은 이사하는 자취생이 아니라 이사하지 않는 자
취생이었다. 한 집의 이사가 끝나면 쉴 틈도 없이 다음 집으로 달려
가야 했다.

"우리 꼭 머슴 같아. 먹고 일하고 먹고 일하고."

명진이 말했다. 명진과 나는 뒤에서 리어카를 밀고 있었다. 정혜
는 몇 걸음 떨어져서 우리를 따라왔다. 운동 확실히 되겠다, 했던
주애는 집으로 잡혀갔고 영주는 학교에 가 있었다.

"너 이렇게 오래 집에 안 가도 되는 거야?"

명진을 돌아보며 내가 물었다.

"아, 손 시리다."

명진이 엉뚱한 소리를 했다.

"엄마 걱정 안 돼?"

"주말에만 아르바이트 쓴대."

"그거 말고."

마음 약한 명진은 결국 고개를 떨어뜨렸다. 나는 더 묻지 않았다. 우리는 묵묵히 리어카를 밀고 짐을 날랐다. 바람이 많은 날이었다. 볼은 발갛게 얼었고 손은 곱아들었다. 그런데도 몸에서는 땀이 났다. 정혜는 책 박스를 옮기다 떨어뜨리고는 민망한지 푸하하, 웃었다. 나는 그릇 박스를 떨어뜨렸다. 보잘것없는 부엌살림이 땅바닥에 철퍼덕 주저앉았다. 플라스틱 그릇들이 또르르 소리를 내며 마당을 굴렀다. 명진이 혀를 찼다.

"너희들 자꾸 떨어뜨리면 저녁 없을 줄 알아."

그릇 주인이 엄포를 놓았다. 그 뒤로도 우리는 몇 번이나 더 박스를 떨어뜨렸다. 모두 날씨 탓이었다. 곱은 손으로 박스를 움켜잡는 게 여간 힘들지 않았다.

그날 저녁, 집으로 돌아온 우리는 정혜 방에 나란히 드러누웠다. 짜장면과 탕수육으로 포식했지만 온몸에 힘이 하나도 없었다. 추위 때문에 발갰던 볼이 이제는 알 수 없는 열기 때문에 발갰다. 몸에서 열기가 피어오르는 것 같기도 했고 방바닥의 열기가 얼굴로 옮겨간 것 같기도 했다.

"내년에 이거 또 해야 하는 거지?"

팔을 쭉 뻗어서 형광등 불빛을 가리며 내가 물었다.

"전통이라니까 뭐, 아무래도."

명진이 대답했다.

"뭐 이런 전통이 다 있냐. 이삿짐센터는 뒀다 뭐하는 거야. 힘들어 죽겠어."

나는 팔을 내리고 형광등을 올려다보았다. 눈을 못 뜰 정도로 빛이 강하지는 않았다. 형광등 가장자리가 거무스름하게 죽어 들어가고 있었다.

"억울하면 우리도 이사하면 되지."

한쪽 다리를 들어 올리며 정혜가 말했다. 잠시 후에는 다른 쪽 다리도 들어 자전거를 타듯 움직였다.

"빈대 잡겠다고 초가삼간 태우랴."

명진이 말했다. 그때까지만 해도 우리는 할아버지네 자취 집에서 천년만년 살 줄 알았다. 졸업은 너무 까마득해 보였고, 현재의 시간이 언제까지나 계속될 거라는 착각에 빠져 있었다. 우리 공화국을 떠나야 할 시간이 빠르게 다가오고 있다는 걸 우리는 상상조차 하지 못했다.

"엄마 보고 싶다."

정혜가 말했다. 정혜는 들어 올렸던 다리를 내리고 곧게 뻗었다. 그러자 엄지발가락이 방문에 닿을락 말락 했다.

"엄마 소식은 들어?"

무거워지지 않기 위해 될 수 있는 한 가벼운 목소리로 내가 물었다.

"아니."

"외갓집에 한번 물어보지."

"아마 결혼했을 거야. 혼자 살 사람이 못 되거든."

"사람은 짝이 있어야 한다."

아버지가 말했었다. 작은아버지는 묵묵부답이었다. 사촌 언니를 찾기 위해 며칠씩 집을 비우는 와중에도 아버지는 작은아버지에게 짝을 만들어주기 위해 온갖 노력을 다 기울였다. 엄마가 부엌에서 밥을 하고 집에서 가져간 반찬으로 상을 차릴 동안 아버지는 작은 아버지를 붙들고 짝의 필요성에 대해 역설했다. 그러나 아무리 설 득해도 작은아버지는 언제나 묵묵부답일 뿐이었다. 아버지가 말을 하는 동안 작은아버지는 고개를 외로 꼬고는 방바닥의 어느 한 지 점을 멍한 눈으로 응시했다. 두 사람의 대면은 늘 아버지의 한숨으 로 끝났다.

정혜가 자리에서 발딱 일어나더니 담배를 꺼내 피웠다. 정혜의 입술 끝에 매달린 불꽃이 커졌다가 작아지고 빨갛게 달아올랐다가 가라앉았다. 명진과 나는 담배 피우는 정혜를 말없이 올려다보았 다. 정혜는 벽에 등을 기대고 앉아 천장을 쳐다보았다.

"맛있어?"

명진이 물었다.

"맛없어."

"무슨 생각해?"

이번에는 내가 물었다.

"아무 생각도."

정혜의 입에서 뿜어져 나온 담배 연기가 몽글몽글 원을 그리다 창밖으로 빠져나갔다. 나는 손으로 입을 가리고 기침을 했다.

"맛도 없다면서 왜 피워?"

명진이 물었다.

"그냥."

"수학 선생님께 그렇게 혼나고도 계속 피우고 싶어?"

이번에는 내가 물었다.

"응."

정혜가 대답했다. 얼마 전 정혜는 수학 선생님께 담배 피운다는 걸 들켰다. 2교시 수학 시간이었다. 아이들이 칠판 가득 적힌 문제를 푸는 동안 선생님은 뒷짐을 지고 천천히 교실을 돌았다. 정혜 자리를 지났던 선생님이 고개를 갸웃거리더니 다시 돌아왔다. 선생님이 말했다.

"정혜 너 일어서봐."

정혜가 자리에서 일어났다.

"아, 해봐."

정혜가 입을 벌렸다.

"가방 올려봐."

정혜가 책상 위로 가방을 올렸다.

"안에 있는 거 다 꺼내."

정혜가 가방 속의 물건들을 꺼내기 시작했다. 학생의 신분으로서 당연히 나와야 할 것들이 나왔다. 공책과 교과서, 연필과 볼펜, 수첩, 삼각자 같은 것들. 그리고 나오지 말아야 할 것도 나왔다. 담배였다. 담배가 나온 순간 선생님의 표정이 일그러졌다. 선생님이 물었다.

"네 거 맞지?"

"네."

정혜가 순순히 대답했다. 그리고 중얼거렸다. 이게 왜 여기 들어 있지?

"네 거 맞다며?"

"네. 그런데 가방에 넣은 기억이 없어서요."

정혜가 또 순순히 대답했다. 정혜는 학교에서는 담배를 피우지 않았다.

"앞으로 나와. 네 기억한테는 나중에 물어보고."

교탁 앞으로 불려나간 정혜는 그 자리에서 손바닥 스무 대를 맞았다. 그래도 선생님의 화는 풀리지 않았다. 정혜의 태도 때문이었다. 정혜는 반성하는 기색을 보이지도, 잘못했다고 용서를 빌지도 않았다. 수업 시간이 아직 끝나지도 않았는데 선생님은 정혜를 상담실로 끌고 갔다. 그곳에서 정혜는 다시 손바닥을 맞았다.

"부모님 불러와!"

선생님이 말했다. 관장실에서도 잘 나오지 않는 정혜의 아버지가 다음 날 학교로 불려왔다. 그리고 정혜 대신 용서를 빌었다. 정혜는 사흘 정학과 반성문 50장, 한 달 동안 운동장 청소라는 선고를 받았다. 그리고 벌은 아직도 이어지는 중이었다. 정혜는 매일 점심시간과 방과 후에 운동장의 낙엽을 쓸어 모아 소각장으로 옮기고, 틈틈이 반성문을 썼다.

"그러게 내가 뭐랬어? 환기 잘하라고 했지?"

명진이 말했다. 그 사건 이후 정혜는 교복과 체육복을 주애의 방에 보관했다.

"그날 아버지랑 무슨 얘기했어?"

내가 물었다. 우리가 보충수업을 하는 동안 정혜는 아버지와 함께 학교 밖으로 나갔었다.

"그냥…… 잘 지내라고."

"그거뿐이었어?"

"미안하다고."

정혜가 대답했다. 거센 바람이 한차례 골목을 휘젓고 지나갔다.

"겨울 되니까 되게 쓸쓸하다."

창밖의 어둠을 바라보다 문득 내가 중얼거렸다.

2

연탄불이 꺼졌는지 방이 싸늘했다. 토요일 저녁이었다. 수업을 마치자마자 집에 들러 반찬만 챙겨오는 길이었다. 아버지가 자고 가라고 했지만 나는 그대로 집을 나섰다. 명진을 두고 나 혼자 집에서 편하게 잘 수가 없었다. 명진은 벌써 한 달 넘게 엄마와 냉전 중이었다. 내가 명진을 위해 할 수 있는 일이라곤 주말에 함께 있어주는 것뿐이었다.

이불을 펼쳐놓고 방을 나왔다. 마루도 마당도 어두웠다. 할아버지와 영주 방에서만 희미하게 불빛이 새나왔다. 정혜와 주애는 그렇다 치고, 명진의 방까지 불이 꺼져 있었다. 자는가 싶어 문을 두드려보았으나 대답이 없었다. 조심스럽게 문을 밀었지만 역시 열리지 않았다. 방문 위쪽에 자물쇠가 채워져 있었다. 집에 들렀다 오겠다고 했을 때 명진은 잘 다녀오라는 말만 했었다. 약속이 있다거

나 어디로 간다는 얘기는 없었다. 물어볼걸 그랬다는 후회가 밀려
왔다.

주애와 정혜의 부엌으로 갔다. 다행히 주애의 연탄불이 살아 있
었다. 죽어서 재가 된 연탄을 꺼내고 주애의 불붙은 연탄 한 장을
내 아궁이에 넣었다. 그 위에 새 연탄을 올렸다. 연탄구멍을 잘 맞
춘 다음 영주의 방으로 건너갔다. 내가 들어가자 이불 속에 누워 있
던 영주가 일어나 앉았다. 벌써 자는 거야? 물으니 아니라고 했다.

"라디오 듣고 있었어."

그리고 보니 나지막한 목소리가 라디오에서 흘러나오고 있었다.
겨울밤의 쓸쓸함을 닮은 디제이의 목소리가 스멀스멀 방바닥을 기
어오더니 내 몸을 타고 올라 귓가로 스며들었다. 영주는 어깨 위로
이불을 둘렀다.

"거기 있으면 추위. 너도 들어와."

나는 영주 옆으로 다가가 영주처럼 어깨에 이불을 둘렀다. 두 사
람이 둘러쓰자 품 넉넉한 겨울 이불이 우리 무릎 위에서 달랑거렸
다. 바닥은 따뜻하고 공기는 차가웠다. 말을 할 때마다 입에서 새하
얀 김이 나왔다. 전기장판 하나로 겨울을 난다는 게 무슨 뜻인지 새
삼 실감이 났다.

"오늘은 웬일로 공부 안 해?"

내가 물었다. 공부 안 하는 영주가 낯설었다. 이불 속에 누워 라
디오 듣는 영주 모습이 어색했다. 우리가 아는 영주와 혼자 있을 때
의 영주는 다른 사람 같았다.

"난 세상에서 공부가 제일 싫어."

영주가 말했다. 잘 안 씹히는 것을 억지로 씹는 듯한 말투였다. 나는 영주를 보았다. 영주의 코끝이 빨갰다. 볼도 발그레했다.

"설마."

"진짜야. 해야 하니까 하는 것뿐이야. 내 존재를 증명하기 위해서는 공부라도 해야 했어. 내가 아무것도 아닌 게 아니라는 걸 증명할 방법은 공부밖에 없었어."

"아무것도 아닌 존재가 어딨다고……"

"여기 있잖아. 나."

"어디 아프냐?"

"응, 아파. 감기도 걸렸고."

"정말? 어디 봐."

나는 영주의 이마를 짚어보았다. 손바닥에 열이 느껴졌다. 자세히 보니 코끝과 볼만 발그레한 게 아니었다. 얼굴 전체가 붉었다. 귀도 발갛게 달아올라 있었다. 영주가 코를 훌쩍였다.

"약은 먹었어?"

"아니. 사흘째 그냥 앓는 중이야."

"약을 먹어야지. 말했으면 사왔을 텐데."

영주가 피, 힘없이 웃었다.

"한 번씩 혼자 몰래 아픈 것도 괜찮아. 쾌감 같은 것도 있고."

"너 그거 병이야."

진지한 얼굴로 내가 말했다.

"자기 연민 그거, 오래가면 못쓴다."

엄마가 말했었다. 내가 중학교 2학년 때였다. 사춘기의 중심을 통과할 때였고 반항심으로 과부하 상태의 전류처럼 신경이 곤두서 있을 때였다. 나는 툭하면 밥을 먹지 않고 방에 틀어박혔다. 화가 났다는 걸, 반항한다는 걸 알리기 위해 온 집 안의 문을 다 쾅쾅 닫고 다녔다. 안방 문도 쾅, 화장실 문도 쾅, 내 방문도 쾅, 닫았다. 그렇게 방문을 쾅, 닫고 들어와서는 음울한 노래를 들으며 일기를 쓰거나 낙서를 했다. 나와 관련된 모든 것들을 저주했다. 아무리 우울해도 눈물은 흘리지 않았다. 감상에 빠진 10대 소녀가 되지 않기 위해 눈물만큼은 용납하지 않았다. 우는 것보다는 차라리 화를 내는 내가 나았다. 그래서 나는 집에만 오면 화를 냈다.

"자기 연민 그거, 오래가면 못쓴다. 당분간만 봐주는 거니 그렇게 알고 있어라."

어느 날 저녁에 엄마가 말했다. 그 말을 할 때 엄마는 다 안다는 표정을 지었고, 알면서도 참고 있다는 표정을 지었고, 참는 것도 한계가 있다는 표정을 지었다. 나는 충격을 받았다. '자기 연민'은 내가 가장 혐오하는 단어였다. 그때까지 나는 나를 반항아라고 생각하고 있었다. 그런데 자기 연민이라고? 나는 엄마에게 대들었다. 잘 알지도 못하면서 아는 척한다고 소리쳤다. 그러자 침착한 목소리로 엄마가 말했다.

"세상에 너 혼자 남겨진 것 같지? 너 외엔 다 밉지? 슬프고 우울하고 또 거기서 묘한 위안을 얻지? 그걸 체념의 쾌감이라고 하는 거야. 그런 감정을 느끼기 위해 너 스스로 너를 불행하게 만들고 고립시키고 있어. 사춘기니까 이해는 하는데 그거, 오래가면 못써. 이번에 졸업하기 바란다."

"너 그거 병이라고."

내가 재차 말했다. 영주가 또 힘없이 웃었다. 그러면서 무슨 병? 물었다.

"자기 연민이라는 병."

"차라리 자존심이라고 말해줄래?"

"혼자 몰래 아픈 게 무슨 자존심이야? 쾌감도 느낀다며?"

"애들은 모르는 어른들만의 감정 세계라는 게 있어."

"생일 몇 달 빠르다고 어른인 척은."

나는 입을 삐죽였다.

"나이 문제가 아니라는 건 너도 알 텐데?"

"그래 너 잘났다. 아무튼 약이나 먹어. 존재니 쾌감이니 이상한 생각하지 말고."

점차 몸이 따뜻해져왔다. 엉덩이를 타고 올라온 열기가 온몸으로 퍼졌다. 그래도 입에서는 입김이 나왔다. 나쁘지는 않았다. 차가운 공기 때문에 머리는 오히려 맑아지는 느낌이었다. 하나 단점이 있다면 전기장판을 떠날 수 없다는 것이고 이불 밖으로 손을 내밀 수 없다는 것이었다. 이제쯤 내 방도 따뜻해졌을 거라는 생각이 들었다. 영주와 더 있고 싶었지만 일기도 써야 했고 집에서 가져온 반찬도 정리해야 했다. 간다고 말하려는데 비밀 지켜줄래? 영주가 물었다. 나는 의아한 얼굴로 영주를 보았다. 주애가 그런 말을 했다면 웃음을 참으며 얼른 알았다고 말했겠지만 상대는 영주였다. 영주가 발설한 비밀이라는 단어가 바위 한 덩이의 무게로 다가왔다.

"나 사실…… 알고 있었어. 그날 밤…… 부스럭거리는 소리에 깼지."

영주가 무슨 말을 하는지 도통 알아들을 수가 없었다. 그래도 숨을 죽이고 영주의 목소리에 귀를 기울였다. 때마침 할아버지의 기침 소리가 들렸다. 잠잠하다가도 할아버지는 한 번씩 발작적인 기침을 토해놓았다. 그럴 때마다 나는 흠칫 몸을 떨었다.

"누구 방인지는 몰랐어. 정혜 아니면 주애일 거라고 생각했어. 부스럭거리는 소리가 앞쪽에서 들렸으니까. 처음엔 일어나려고 했지. 뭐라도 들고 나가보려고 했어. 무섭지는 않았어. 우리는 다섯이고 상대는 혼자니까. 하다못해 도둑이야! 소리치기만 해도 깜짝 놀라서 도망갈 거라는 걸 알았지. 그런데…… 그런데 말이지…… 몸이 안 움직이는 거야. 공포 때문도 아니고 잠이 덜 깬 것도 아니고 중풍에 걸린 것도 아닌데 정말 몸이 안 움직였어. 손도 발도 방바닥에 딱 붙어서는 꼼짝을 안 했어. 갈등했지. 소리라도 지를까…… 애들을 깨울까…… 그 몇 분의 시간이 정말 몇십 년처럼 느껴졌어. 결국 아무것도 못하고 말았지만. 신기하게도 명진이가 누구야! 소리치는데 그제야 몸이 움직이는 거야. 아무 일도 없었다는 듯. 그 일이 있고 나서 며칠 동안 생각하고 또 생각했지. 그러다 깨달았어. 내가 짐작한 것보다 정혜와 주애를 훨씬 더 미워하고 있었다는 걸.

그래서 무의식이 내 몸을 틀어잡고 놔주지 않았다는 걸. 나는 진정으로 그 애들을 돕고 싶어 한 게 아니었던 거야. 제스처일 뿐이었던 거야. 시도는 안 해봤지만 어쩌면 목소리까지 안 나왔을지도 몰라."

어느 순간부터 나는 손으로 내 입을 틀어막은 채 영주를 바라보고 있었다. 아무 소리도 못 나가게 하기 위해서였다. 너무 충격적인 얘기여서 영주의 말을 곧이곧대로 믿어야 할지 아니면 위악으로 받아들여야 할지 알 수 없었다. 우리들 사이에서 영주의 역할이 그랬다. 항상 악역은 영주가 떠맡았다. 남에게 하기 힘들지만 꼭 해야 하는 말. 예를 들면 이런 것이었다.

정혜 네 방 앞마루만 먼지투성이야, 청소 좀 할래?

내일 아침 밥 당번이니까 현진이 너 늦잠 자지 마라.

주애야, 전화 통화는 간단히.

공개 방송하는 것도 아니고 명진이 넌 라디오 소리 좀 줄일 수 없어?

우리 모두가 해야 할 말을 혼자 도맡아 하면서도, 그래서 간혹 오해도 사고 미움을 받으면서도 영주는 억울하다는 내색 한번 하지 않았다. 오해를 사면 살수록, 미움을 받으면 받을수록 더 악한 척 위악을 떨었다. 그런 영주 성격을 알기에 우리는 누구도 진정으로 영주를 미워하지는 않았다. 영주의 말이 이어졌다.

"그때 아마 방에서 나가며 내가 이렇게 물었을 거야. 무슨 일이야? 마치 아무것도 모른다는 듯. 이제 막 잠에서 깼다는 듯. 그런 내가 너무 가증스러웠어. 가증스럽다고 생각하면서도 연기를 포기하지는 않았어."

"몸이 안 움직였다며? 그럼 네 잘못 아니잖아?"

"사실은 그 애들을 미워한 게 아니라 질투하고 있었어. 질투라고 하면 자존심 상하니까 미워한다고 나를 속였지. 누구는 부모 잘 만나 빨래하기 싫다고 교복 한 벌 더 사고, 누구는 매일 자가용으로 등하교하고. 색깔 조금 바랬다고 새 가방 사고, 질렸다고 새 신발 사고, 김치 국물 튀었다고 새 옷 사고. 나는 상상도 할 수 없는 일이야. 나는 학교에 다니기 위해 죽어라 공부하는데 그 애들은 학교 가기 싫어서 죽을 지경이지. 왜? 그래도 부모가 학교에 보낼 거니까. 나처럼 돈도 없고 관심도 없는 부모를 가진 게 아니니까. 어릴 때부터 다른 집에서 태어났다면…… 다른 부모를 만났다면……, 수백 번도 더 생각했어. 우리 할머니, 집에 갈 때마다 나 구박해. 얼른 졸업해서 돈 벌어야 하는데 인문계 갔다고. 돈 벌어서 오빠하고 남동생들 공부시킬 생각 안 하고 내 욕심만 차린다고. 나보고 이기적이래. 그럼 엄마 아빠 반응은 어떤 줄 알아? 슬그머니 나를 돌아봐. 할머니하고 생각은 같지만 차마 말은 못한다는 표정. 너희들은 아마 상상이 안 되겠지. 그런데 이게 우리 집이야. 우리 집에서 난 아무것도 아닌 존재를 넘어서 오빠 도시락의 밥풀만큼도 못한 존재야. 감기약 왜 안 먹었냐고? 약 사먹을 돈이 없거든. 그럼 빌리지 그랬냐고? 갚을 길이 없는데 어떻게 빌려. 아, 너희들이라면 아마 서로 약 사주려고 했을 거야. 문제는 동정받기 싫어하는 나지. 물론 너희들은 동정이 아니라고 하겠지만. 순수한 마음에서 나온 선의라고. 알아. 그런데 내가 좀 삐뚤어졌어. 아무리 순수한 마음에서 나온 선의라고 해도 내 눈에는 다 동정으로 보여. 그러니 나을 때까지 아플 수밖에."

"애들…… 아직도 미워해?"

"어. 죽을 때까지 미워할 거야. 너도, 명진이도."

영주가 그렇게 말해줘서 오히려 고마웠다. 미안하다거나 반성한다는 말은 영주에게 어울리지 않았다. 나는 알았다. 내게 이런 얘기를 한다는 것 자체가 이미 미안함과 반성을 내포하고 있다는 걸. 그것이면 족했다. 나는 영주가 영주다운 모습을 잃지 않기를 바랐다. 라디오 볼륨을 올리며 영주가 말했다.

"비밀 안 지켜줘도 돼. 지금 생각해보니까 남의 비밀을 가진다는 거 별로 유쾌하지 않을 것 같아. 이제 가라. 난 좀 쉬어야겠다."

나는 망설이다 방을 나왔다. 그길로 학교 근처의 약국으로 갔다. 증세를 설명하고 1주일 치 약을 샀다. 집으로 돌아왔을 때까지도 명진의 방 불은 꺼져 있었다. 도대체 명진은 어디로 간 걸까. 나는 영주의 방문을 살며시 열고는 약을 디밀었다. 그런 뒤 내 방으로 돌아왔다. 영주의 앙칼진 목소리가 들릴 줄 알았으나 그 밤이 깊도록 집 안은 조용하기만 했다. 할아버지의 기침 소리조차 들리지 않는 밤이었다.

이튿날 점심 무렵 명진이 돌아왔다. 영주는 아침 일찍 학교에 갔고 집에는 나밖에 없었다. 무슨 바람이 이렇게 부냐. 명진의 첫마디가 그랬다. 나는 볼이 부어 있었다. 어딜 가면 간다고 미리 말해줬으면 좋았잖아. 나중에 약속이 생겼으면 집으로 전화라도 한 통 해줬으면 됐잖아. 속에서 불만들이 부글부글 끓어올랐다.

지난밤 나는 역대 최악의 외로움을 겪었다. 명진과 정혜 둘 다 없는 토요일 밤을 보낸 건 처음이었다. 영주의 방으로 다시 건너갈 수도 없었다. 영주에게는 혼자 있을 시간이 필요했다. 감기와도 싸워야 했고 충동적으로 행한 고백과도 맞서야 했다. 어쩌면 자존심을 깡그리 버리고 내게 비밀을 털어놓은 걸 후회하고 있을지도 몰랐다. 그런 이유로 나는 기나긴 밤을 혼자 보내야 했다. 물론 아이들이 있을 때도 혼자 자는 건 마찬가지였지만 옆방에 사람이 있는 것과 없는 것은 교과서를 한 권 다 떼고 시험장에 들어가는 것과 그렇지 않은 것만큼이나 심리적으로 차이가 났다. 비록 공부한 게 시험에 다 나오진 않더라도.

"아직 점심 안 먹었지?"

내 방으로 들어오며 명진이 말했다. 나는 점심뿐 아니라 아침도 먹지 않았다. 명진이 돌아올 때까지 이불 속에 그대로 누워 있었다. 아무런 의욕이 생기지 않았다. 새벽부터 시작된 바람이 아침이 되어도 그치지 않았다. 뒷산에서는 소나무 가지가 허리 꺾는 소리를 냈고, 교회 종탑에서는 시도 때도 없이 종이 울렸다. 마당에서는 바가지며 세숫대야가 날아다녔다. 간간이 개가 짖고, 날이 훤히 밝았는데도 닭이 울고, 소가 울었다. 그리고 때때로 머리 위를 지나가는 무시무시한 바람 소리.

"선배들 말이 맞았네. 미친바람 조심하라더니."

명진이 말했다. 나는 처음 듣는 소리였다. 미친바람? 물으니 명진이 설명했다.

"이유는 모르겠고, 암튼 여기가 겨울만 되면 바람이 그렇게 분대. 좀 심할 땐 지붕도 막 날아가고. 그런데 미친바람이 불면 꼭 한 사람씩 죽는다는 거야. 바람에 뽑힌 전봇대에 깔려 죽는 사람도 있고, 날아온 염소한테 치여 죽는 사람도 있고, 그냥 아무 이유 없이 자살하는 사람도 있고. 근데 중요한 건 마을 사람들만 죽는 게 아니라는 거야. 가끔은 자취생들도 당한대. 몇 년 전인가 선배 하나가 냇가를 건너다 겨우 무릎에서 찰랑거리는 물에 빠져 죽었는데 그날도 미친바람이 미친 듯이 불었다지 아마."

명진의 얼굴은 진지했다. 목소리는 잔뜩 경직돼 있었고 눈은 두려움의 빛을 띠고 있었다. 그때 또 한 차례 바람이 불어 어딘가의 문을 쾅! 열었다 닫고, 누군가의 살림살이를 와장창 무너뜨렸다. 그리고 나는…… 실소를 터뜨렸다.

"순진하고는 거리가 먼 너한테 뻥을 치다니 내가 잘못했다. 통닭이나 먹자."

"네 뻥에 개연성이 부족했던 거지."

"아무튼."

명진은 비닐봉지를 풀어 헤쳤다. 하얀 종이를 걷어내자 그 안에 노릇노릇 구워진 닭 한 마리가 엎드려 있었다. 누구네 닭인지는 묻지 않아도 알 수 있었다. 명진은 닭다리 하나를 뜯어 내 앞에다 놓왔다. 고소한 통닭 냄새가 빈속을 후벼 팠다. 식었다는 건 문제가 되지 않았다. 명진이네 통닭은 식어도 맛있었다. 내가 닭다리 하나를 다 먹는 동안 명진은 말없이 앉아 있었다.

"모녀 상봉의 결과에 대해 보고 안 할 거야?"

휴지로 손가락을 닦으며 내가 말했다. 명진이 쓴웃음을 짓더니 보고는 무슨……, 중얼거렸다.

"말도 없이 집에 갈 때는 뭔가 이유가 있었을 거 아냐."

"동생이 보고 싶다고 전화했더라고."

"그래서 동생 얼굴만 보고 왔어?"

"아니다, 그래. 동생들도 보고 할머니도 보고 엄마도 보고 그 아저씨도 보고…… 우리 엄마 결혼 날짜 잡았어."

그 말을 할 때 명진의 얼굴 위로 쓸쓸함이 스쳐갔다. 그것은 언뜻 무력감 같기도 했고 상실감 같기도 했다.

"결국 그렇게 됐구나. 언제 하신대?"

"삼월 중순."

"넌 괜찮아?"

"안 괜찮으면 어쩔 거야? 내가 결혼하는 것도 아니고. 엄마 인생이니 엄마가 알아서 하겠지."

"동생들은?"

"좋아하는 것 같지는 않은데 그렇다고 싫은 내색도 안 해. 그게 더 마음 아프더라."

"애들이 철들었구나."

166

"철이 든 건지 눈치만 는 건지 모르겠어."

그때 또다시 우리 머리 위로 무시무시한 소리를 내며 바람이 지나갔다. 뒤이어 방문이 흔들리고 슬레이트 지붕이 덜컹거렸다. 명진과 나는 동시에 천장을 올려다보았다. 할아버지 집은 그다지 튼튼해 보이지 않았다. 오래되고 낡아서 하루하루 아픈 할아버지를 닮아가는 중이었다. 나뿐 아니라 명진의 눈에도 두려움이 깃들었다. 명진이 중얼거렸다.

"이러다 정말 지붕 날아가는 거 아냐?"

"아까 그거 뻥이라며?"

"미친바람 조심하라는 말은 진짜거든."

"오늘 꼭 지구 종말의 날 같다."

그래서일까, 저녁이 되어도 마을의 자취생들은 우리 집으로 모이지 않았다. 부르지 않아도 일요일 저녁마다 찾아들던 아이들은 각자 자신의 방에 웅크리고 있었다. 정혜와 주애는 양손 가득 반찬 통을 들고 저녁 늦게 도착했다. 정혜는 택시를, 주애는 기사가 운전하는 자가용을 타고 왔다. 할아버지 집은 골목 깊숙이 있어서 이곳까지 차가 들어오지 못했다. 두 사람은 차에서 내린 뒤에도 50미터쯤 되는 구불구불한 골목길을 무거운 반찬 통을 들고 걸어야 했다. 주애는 자신을 길가에 내려주고 휑하니 가버린 운전기사를, 몸도 가누기 힘들 만큼 거세게 부는 바람을, 계획 없이 눈대중으로 만든 좁은 골목길을 원망했다. 정혜는 딱 한마디만 했다. 반찬 없이 맨밥만 먹고 살 수는 없을까.

학교에 간 영주는 밤늦도록 돌아오지 않았다. 3학년 선배들이 모두 떠나 텅 비었을 독서실에서 영주는 대체 뭘 하는 걸까. 선배들이 떠나지 않았다 해도 막차 끊긴 뒤에는 독서실이 텅 비기 마련이었다. 여름에는 간혹 독서실에 딸린 수면실에서 자는 선배들도 있었지만 겨울에는 아무도 없었다. 운동장 구석에 외따로 떨어진 독서실. 그 누구도 겨울밤의 고독과 정적과 어둠의 공포와 맞서고 싶어 하지 않았다. 열한 시 이후로는 난방마저 끊겼다. 감기 걸린 영주, 세상에서 공부가 제일 싫다던 영주. 영주는 거기서 뭘 하느라 밤이 깊도록 돌아오지 않는 걸까.

자정이 다 돼갈 무렵 나는 아이들에게 영주를 데리러 가자고 말했다. 영주의 고백이 마음에 걸렸다. 미친바람이 불면 꼭 한 사람씩 죽는다는 거야, 명진의 말도 떠올랐다. 그걸 꼭 믿어서는 아니지만 어쨌거나 바람이 미친 듯이 불고 있었고, 뭔가가 날아다니거나 굴러다니고 있었고, 학교에서 마을로 오는 지름길에는 냇가가 있었다. 그러나 아이들은 아무도 움직이려고 하지 않았다. 다들 집에 다녀오느라 피곤하다고 했지만 더 큰 이유는 추위였고, 어둠이었고, 그리고 소름 끼치는 바람 소리였다.

"원래 혼자 잘 다니잖아."

"영주는 독해서 괜찮아."

아이들은 이불 속에 몸을 묻은 채 꼼짝도 하지 않았다. 친구들 일이라면 물불 가리지 않고 뛰어드는 명진마저 외면했다. 나는 여전히 영주가 걱정됐지만 혼자 데리러 갈 용기는 나지 않았다. 나 역시 혼자 걷는 밤길이 무서웠고 바람 소리가 두려웠다. 그래, 영주니까 괜찮을 거야, 내가 나를 안심시켰다.

나는 자리에 누웠지만 형광등을 끄지는 않았다. 밤늦게 돌아올 영주에게 희미하게나마 불빛을 주기 위해서였다. 또한 불을 밝혀둠으로써 누군가는 깨어 있다는 걸 보여주고 싶기도 했다. 어둠 속에서 홀로 자물쇠를 여는 것만큼 세상에 외로운 것이 없었다. 자취를 시작하고 난 뒤 나는 제일 먼저 그것을 알았다.

그 밤, 영주는 돌아오지 않았다.

3

국기 게양대에 묶인 영주가 발견된 것은 이튿날 새벽이었다. 학교 옥상이었고, 최초 발견자는 그날의 숙직을 담당했던 선생님이었다. 이상하게 잠이 오지 않았던 선생님은 학교나 한 바퀴 둘러볼 양으로 운동장으로 나왔다. 바람이 심했다. 고개를 드는 것조차 힘겨울 정도였다. 학교를 둘러보는 건 포기하고 그만 숙직실로 돌아가려는데 태극기와는 다른 뭔가가 옥상에서 펄럭이고 있는 걸 발견했다. 태극기보다 훨씬 크고 두꺼워 보이는 천이었다. 손전등을 비춰보았지만 옥상까지 빛이 닿지 않았다. 문득 불길한 예감이 든 선생님은 옥상으로 달려갔다. 그곳 국기 게양대에 영주가 묶여 있었다. 펄럭이던 것은 영주의 교복 치마였다. 태극기는 위에서, 교복 치마는 아래에서 사정없이 허공을 할퀴고 있었다.

영주의 사건으로 가장 분노한 사람은 다름 아닌 교장 선생님이었다. 교장 선생님은 영주의 사건을 영주 개인의 일로 치부하지 않았다. 우리 학교 최초의 서울대 합격자가 될지도 모를 영주를 위해하려는 것은 곧 학교를 위해하려는 것과 마찬가지라고 생각했다.

"누가 이따위 짓을!"

교장 선생님은 분통을 터뜨렸다. 상담실에는 명진과 정혜, 주애와 나 외에도 형사 둘과 영주네 담임 선생님, 그리고 숙직 선생님이 와 있었다.

"이건 테러야!"

교장 선생님의 선언에 선생님들은 고개를 숙였다. 자살 가능성도 있지 않겠냐던 형사들도 교장 선생님의 서슬에 눌려 감히 반박하지 못했다.

"한겨울에 스스로 국기 게양대에 자기 몸을 묶는다는 게 말이 됩니까? 추워서 제대로 죽을 수나 있겠습니까?"

한결 가라앉은 목소리로 교장 선생님이 말했다. 게다가 영주에게는 자살할 만한 이유가 전혀 없었다. 영주는 학교로부터 장학금은 물론 생활비까지 지급받는 모범생이었다. 사건 당일에도 하루 종일 독서실에서 공부를 했다. 오전 열 시부터 마지막 학생이 떠난 오후 열 시까지 독서실 밖으로는 한 발짝도 나가지 않았다. 그것은 함께 독서실에 있었던 2학년 선배들이 증언했다.

"자살할 애가 뭐하러 머리 싸매고 공부를 합니까? 형사 양반들, 안 그렇습니까? 누구 짓인지 꼭 밝혀내야 합니다."

상담실에 모인 사람들의 목적은 같았다. 누구 짓인지 밝혀내는 것. 그러기 위해서는 우리 도움이 필요했다. 영주에게는 우리 외에는 친구가 없었다. 하지만 우리는 수사에 도움이 될 만한 아무런 말도 하지 못했다. 해줄 말이 없었다.

영주에게 원한을 품은 사람이 있는가? 그렇기도 하고 아니기도 했다. 영주를 못마땅해하거나 시기하는 아이들은 제법 있었다. 영주는 고집이 셌다. 자존심도 강해서 아이들과 자주 마찰을 빚었다. 그러면서 공부는 또 잘했다. 하지만 얼굴은 평범했고 집은 가난했다. 예쁘거나 부자거나, 둘 중 하나만 가졌어도 어쩌면 아이들은 못마땅해하지 않았을지도 몰랐다. 월등하게 우월한 하나가 온갖 단점들을 합리화시켜주었을 테니까. 불행하게도 영주는 둘 중 어느 것도 가지지 못했다. 그러나 형사들 앞에서 그런 말을 할 수는 없었다. 아이들이 아무리 영주를 못마땅해하고 시기한다 해도 국기 게양대에 매달 정도는 아니었다. 우리는 모른다고 대답했다.

영주에게 만나는 남자가 있는가? 그것은 자신 있게 대답할 수 있었다.

"없어요."

명진이 대표로 말했다. 주애는 우느라 정신이 없었다. 정혜는 멍한 얼굴로 앉아 있었다. 나는 누구와도 눈을 마주치지 못했다. 우리는 다들 죄책감에 시달리고 있었다. 지난밤 영주를 데리러 가기만 했어도 이런 일은 일어나지 않았을 것이다. 우리는 고개를 들지 못했다.

평소에도 제일 늦게까지 독서실에 남아 있는가? 그렇기도 하고 아니기도 했으므로. 우리는 그럴 때도 있고 아닐 때도 있다고 대답했다. 형사는 우리가 하는 말을 수첩에 받아 적었다. 최근에 영주가 좀 달라졌다거나 특이한 점이 있던가? 아이들은 고개를 저었다. 나도…… 저을 수밖에 없었다. 영주의 비밀을 말할 수는 없었다. 설사 영주의 비밀과 이번 사건이 관련이 있다 하더라도 사람들 앞에서 영주를 까발릴 수는 없었다. 영주의 자존심을 지켜주고 싶었다.

아이들을 따라 마지막으로 상담실을 나서는데 형사의 목소리가 뒤통수에 꽂혔다.

"일단 깨어나 봐야 알겠지만 반항한 흔적이나 상처도 전혀 없고……"

상담실 문이 닫혔다.

그 뒤 며칠 동안 마을의 불량스러운 청년들과 인근 고등학생들이 경찰서로 불려가 조사를 받았다. 다들 한두 번씩 가벼운 전과가 있는 이들이었다. 그중에는 우리 학교 독서실 근처를 서성이다 수위에게 쫓겨났던 남학생, 돌멩이를 던져 교실 유리창을 깬 마을 청년, 툭하면 여학생을 오토바이에 태우고 밤거리를 폭주하는 남학생도 포함돼 있었다. 경찰서로 불려간 이들 중에 영주를 아는 사람은 아무도 없었다. 수사는 진척되지 않았다.

미친바람이 분 날로부터 이틀 뒤 영주가 깨어났다. 그리고 그날 우리는 방학을 했다. 오전 수업을 마친 뒤 우리는 곧장 병원으로 향했다. 영주는 중환자실에서 일반 병실로 옮겨져 있었다. 우리가 들어가자 영주는 눈을 감았다가 한참 만에 떴다. 첫날 중환자실 앞에서 만났던 영주의 엄마는 보이지 않았다. 6인실 병실에 환자는 영주 외에 두 명뿐이었다.

주애가 울음을 터뜨렸다. 명진이 휴지를 뽑아 건네주었다. 명진의 눈가도 붉어져 있었다.

"걱정 많이 했어."

그렇게 말한 사람은 정혜였다.

"미안해. 우리가 데리러 가기만 했어도…… 현진이 가자고 했을 때 갔으면……"

명진은 말을 잇지 못했다. 이틀 사이 해쓱해진 영주가 우리를 둘러보았다. 울음을 그친 주애가 코를 훌쩍였다.

"너희들 잘못 없어. 내가 실수한 거야. 내 잘못이야."

영주가 말했다. 영주는 숙직 선생님의 불면 덕분에 목숨을 구할 수 있었다. 한두 시간만 늦게 발견됐어도 저체온증으로 죽었을지도 몰랐다. 저승 문턱까지 갔다 온 사람답지 않게 영주의 목소리는 지나치게 담담했다.

"태극기가 펄럭이고 있었어. 찢어질까 봐 걱정이 됐어. 아무도 없는 한밤중에 혼자 펄럭이고 있는 게 안쓰럽기도 했어. 태극기를 내려야겠다는 생각밖에 없었어. 그러다 그만 내가 줄에 얽힌 거야. 몸도 못 가눌 정도로 바람이 심했어. 아마 국기 게양대에 머리를 부딪혀서 정신을 잃었나 봐."

"야! 너 죽을 뻔했어! 그까짓 태극기 좀 찢어지면 어때?"

174

갑자기 주애가 소리를 버럭 질렀다. 명진이 주애의 등을 토닥였다. 정혜는 영주의 손을 잡았다.

"아무튼 살아서 다행이야."

명진이 말했다. 나는 아무 말도 하지 못했다. 상담실에서 숙직 선생님은 영주를 묶은 줄의 매듭이 허술했다고 진술했다. 그래서 쉽게 풀 수 있었다고. 그때 선생님의 말을 수첩에 받아 적던 형사가 고개를 갸웃거렸다. 얼굴 가득 물음표가 떠 있었다. 형사는 볼펜 끝으로 수첩을 콕콕 찍으며 숙직 선생님을 바라보았다. 선생님도 형사의 시선을 피하지 않았다. 나는 조마조마한 마음으로 두 사람을 지켜보았다. 사전 탐색을 끝낸 형사가 막 뭔가를 물으려는데 잠시 조용하던 교장 선생님이 다시 열변을 토하기 시작했다.

"학생이 아직 남아 있는데도 수위가 퇴근하다니 이게 말이 되는 소립니까!"

형사는 교장 선생님을 힐끗 보더니 질문을 삼켰다. 숙직 선생님도 그 문제에 대해서는 더 언급하지 않았다. 그런데 그 자리에 없었던 영주는 바람 때문에 줄에 얽힌 거라고 했다. 아무리 허술하다고 해도 바람이 매듭까지 지을 수는 없었을 것이다. 다 같이 상담실에 있었어도 아이들은 아무도 매듭을 기억하지 못했다. 나는 입을 다물었다.

"나 좀 피곤해."

부르튼 입술을 움직여 영주가 말했다. 우리는 영주의 손을 한 번씩 잡아주고는 병실을 나섰다. 엘리베이터 앞에서 영주의 엄마를 만났다. 영주의 엄마는 피곤해 보였다. 얼굴에 핏기가 하나도 없었다. 영주뿐 아니라 영주의 엄마도 입원해야 할 사람처럼 보였다.

"와줘서 고맙다."

한 손에 하나씩 우리 손을 잡은 영주의 엄마가 말했다. 잠시 뒤에는 잡은 손을 놓고 내 등을 쓸어내렸다. 나는 고개를 숙였다.

"어떻게 된 일인지 너희들한테는 얘기했니?"

우리를 둘러보며 영주의 엄마가 물었다. 우리는 그렇다고 했다. 영주의 엄마가 한숨을 쉬었다.

"나한텐 한마디도 안 한다."

우리는 영주의 말을 그대로 전해주었다.

"그것 좀 찢어지면 어떻다고…… 기집애가 겁도 없이…… 안쓰럽긴 뭐가 안쓰럽다고 그 야밤에……"

영주의 엄마가 코트 자락으로 눈물을 찍어냈다. 우리는 뭐라고 위로해야 할지 몰라 서로 눈치만 보았다. 그때 정혜가 말했다.

"영주가 원래 불의를 보면 못 참는 성격이에요."

"네. 정말이에요."

옆에 선 주애가 열심히 고개를 끄덕였다.

"마음이 여려서 그럴 거예요."

명진도 거들고 나섰다.

"겉으론 강해 보여도 속은 안 그래요."

내가 말했다. 그건 위로하기 위해 한 말이 아니라 진심이었다. 영주 엄마의 얼굴이 한결 밝아졌다. 우리는 엘리베이터 앞에서 헤어졌다.

그날 저녁 몇몇 아이들이 우리 자취 집으로 찾아와 영주의 상태에 대해 물었다. 우리는 생각보다 괜찮아 보이더라고 말했다. 2, 3일 뒤 퇴원한다는 말도 덧붙였다. 또 아이들은 학교에 떠돌고 있는 소문을 전해주었다. 영주가 자살을 시도한 게 아니냐는 것이었다. 자살설의 근거로는 기말고사 성적이 제시됐다. 지난 1차 기말고사에서 영주는 근소한 차이로 전교 1등 자리를 뺏겼다. 아이들이 말했다.

"있는 놈들이 더한다잖아."

"맞아. 공부 잘하는 애들이 오히려 더 성적에 목숨 걸지."

"그 시간까지 혼자 독서실에 남아 있었던 것도 이상하고."

명진이 벌컥 화를 냈다. 우리는 영주에게 들은 그대로, 태극기 때문이었다고 말했다. 아이들은 반신반의했다. 우리는 쫓다시피 아이들을 돌려보냈다. 우리 집을 나간 아이들은 교회로 몰려갔다. 크리스마스이브였다. 교회에서는 밤늦도록 노랫소리가 끊이지 않았다.

이튿날 영주가 자취방으로 돌아왔다. 깜짝 놀란 우리는 영주의 방으로 몰려갔다. 몰라보게 수척해진 영주는 아무 일도 없었다는 듯 이불을 개고 가방을 챙겼다. 퇴원하고 집으로 가는 거 아니었어? 물으니 고개만 저을 뿐이었다. 영주의 방은 잠시 서 있는 것도 힘들 정도로 냉기가 감돌았다. 서로 자기 방으로 가자고 끌었으나 영주는 또 고개만 저었다. 나는 책상 위에서 내가 사다 준 감기약을 발견했다. 전혀 먹지 않은 듯 약봉지는 불룩한 형체 그대로 놓여 있었다.

"옷 갈아입을 거야."

가방을 다 챙긴 영주가 말했다. 어쩔 수 없이 우리는 밖으로 나왔다. 잠시 뒤 사복으로 갈아입은 영주가 방에서 나왔다. 등에 멘 가방을 보고 주애가 어디 가느냐고 물었다. 영주의 대답은 간결했다.

"학교."

"설마 너?"

명진이 그렇게 말한 것과 내가 영주의 팔을 잡은 것은 거의 동시였다.

"미쳤어, 미쳤어."

주애가 펄쩍 뛰었다. 정혜는 영주의 다른 쪽 팔을 잡았다.

"못 가. 오늘은 무슨 일이 있어도 쉬어야 해."

명진이 두 팔을 활짝 벌리고는 영주 앞을 막아섰다.

"나 괜찮아."

영주가 말했다. 그러나 영주는 전혀 괜찮아 보이지 않았다. 눈가가 거무스름했고 며칠 새 살이 쏙 빠졌다. 부르튼 입술도 그대로였다. 무엇보다 영양실조에라도 걸린 듯 얼굴이 푸석했다. 우리는 길을 비켜주지 않았다.

"공부해야 해. 병원에 있느라 사흘이나 못했어."

"사흘 안 한다고 어떻게 되는 거 아니잖아!"

보다 못한 내가 소리쳤다. 걱정하는 친구들은 아랑곳없이 자기하고 싶은 대로만 하는 영주가 야속했다. 기껏 사다 준 감기약을 먹지 않은 것도 섭섭했다.

"너희들이야 그렇지. 난 아냐. 1등 자리 지키기가 쉬운 줄 아니?"

나는 영주의 팔을 놓았다. 우리가 아무리 막아도 영주의 고집을 꺾지 못하리라는 것을 깨달았다. 정혜도 팔을 놓았다. 명진도 눈앞을 지나가는 영주를 잡지 않았다. 영주는 가고 우리는 남았다. 녹슨 대문이 까마귀 울음소리를 내며 닫혔다.

"어떡해, 어떡해."

주애의 목소리가 공허하게 울렸다.

"독하다 정말."

허탈한 얼굴로 명진이 말했다.

"공부 못 해서 죽은 귀신이 붙었나 봐."

정혜가 중얼거렸다.

"나 영주가 무서워지려고 해."

두 손을 가슴 앞에 모아 쥔 채 주애가 말했다.

"약한 모습 보이기 싫어서 도망가는 거야."

내가 말하자 명진은 고개를 절레절레 저었고, 정혜는 공허한 눈빛으로 하늘을 쳐다보았다. 우리는 잠시 더 닫힌 대문을 바라보다 각자의 방으로 돌아갔다.

4

　미친바람이 지나간 뒤부터 할아버지의 기침 소리가 더 심해졌다. 늦가을부터 시작된 기침이 겨울이 깊어갈수록 더 잦아지고 더 발작적으로 변했다. 게다가 한번 시작되면 좀처럼 그치지 않았다. 저러다 숨이 넘어가는 게 아닐까, 할아버지의 기침이 시작되면 우리는 불안에 떨어야 했다. 그런 밤이면 우리는 이를 갈며 다짐했다. 내일은 반드시 자식들의 연락처를 알아내고 말리라. 하지만 우리의 다짐이나 의지보다 할아버지의 고집이 더 셌다. 우리가 뭘 물어도 할아버지는 침묵으로 일관했다. 다 듣고 있으면서 못 들은 척했다. 전화번호 잊어버리셨어요? 혹시 자제분하고 의절하셨어요? 그런 물음에도 할아버지는 완강하게 침묵을 지켰다. 도대체 그렇다는 거야, 아니라는 거야? 답답해진 우리는 가슴을 치고 발을 굴렀다. 때로는 윽박지르고, 때로는 달래고, 또 때로는 밥을 끊을 거라고 협박을 해봐도 소용없었다.

"밥만 받아 드시라고 입이 있는 게 아니에요."

할아버지와 우리의 싸움은 대개 주애의 그 같은 무례한 말로 끝나기 일쑤였다. 그럴 때면 옆에 서 있던 명진이 콧방귀를 날렸다. 밥한 번 갖다 드린 적 없으면서 당당하게 밥 얘기를 한다는 뜻이었다.

기침이 심해지면서 할아버지는 하루 종일 방에서만 지냈다. 하루두 번 요강을 비울 때만 밖으로 나왔다. 요강을 들고 마당을 가로지르는 모습이 어쩌나 아슬아슬한지 지켜보는 우리가 다 오금이 저릴지경이었다. 마당에다 오물을 쏟을까 봐, 턱 높은 화장실을 드나들다 넘어지기라도 할까 봐 심장이 조여들었다. 하지만 누구도 선뜻요강을 비우겠다고 나서지 못했다. 남의 요강을 비운다는 건 꿈에서조차 상상해본 적 없는 일이었다. 그 대신 우리는 밥을 맡기로 했다. 화장실뿐만 아니라 할아버지의 부엌도 턱이 높았다. 턱을 넘나드는 일을 하나라도 줄여야 했다. 다행히 방학 중이라 시간은 문제가 되지 않았다.

처음에 우리는 옆집 할머니에게 도움을 청했다. 죽 때문이었다.

"하루 종일 누워 있는데 밥보다는 죽이 낫지 않을까?"

정혜의 말이 그럴듯하게 들렸다. 할머니는 기꺼이 죽 한 냄비를 끓여주었다. 하지만 그것이 끝이었다. 할머니 역시도 당신 한 몸 건사하기 힘든 노인이었다. 겨울이 위험한 것은 할아버지만이 아니었다. 그다음으로 우리가 기댄 곳은 정혜네 복지관이었다. 복지관 직원이 죽을 끓여 가져다주면 한 봉지씩 담아 얼렸다가 아침마다 데워서 할아버지에게 드렸다. 할아버지는 죽 한 냄비로 하루를 버텼다. 하지만 그 역시도 오래가지는 않았다. 복지관 직원들은 정혜의 수호천사였지 할아버지의 수호천사는 아니었다. 게다가 오가는 거리도 만만치 않았다. 몇 번 만에 죽 공수가 끊겼다. 그 뒤부터 우리는 뜨거운 물에 밥을 말아 드렸다. 아침마다 새 냄비를 들이고 전날의 냄비를 수거했다. 김치뿐인 식사였지만 냄비는 언제나 밥알 한 톨 남기는 일 없이 깨끗하게 비워져 있었다.

"아파도 식성은 여전하시네."

주애가 농담할 만도 했다.

"내 방까지 냄새 나는 것 같아. 누가 제발 방 좀 바꿔줘."

틈날 때마다 우리를 못살게 굴던 주애가 냄새 때문에 못 살겠다며 집으로 간 며칠 뒤였다. 그날은 아침부터 바람이 심했다. 자취촌은 바람이 많은 곳이었다. 오라는 눈은 오지 않고 시도 때도 없이 바람만 불었다. 그런 날이면 우리는 방 안에 들어앉아 꼼짝도 하지 않았다. 기분까지 을씨년스러워져서 외출할 마음이 나지 않았다. 그날도 마찬가지였다. 영주는 일찌거니 학교에 갔고 우리는 각자의 방에서 음악을 듣거나 책을 읽거나 그림을 그렸다.

그 무렵 정혜는 그림 그리기에 취미를 붙여서 하루 종일 스케치북을 끼고 살았다. 처음 몇 번을 제외하고는 우리가 모델 되기를 거부하자 정혜는 집 안에서 목격되는 일상의 모습들을 담기 시작했다. 방바닥에 냄비를 놓고 허리 숙여 식사하는 할아버지, 엉덩이를 치켜들고 마당에서 세수하는 명진, 추위에 떨고 있는 영주, 체육복 바지가 흘러내려간 채 줄넘기 하는 주애, 화장실에서 나오는 내 모습까지 닥치는 대로 그렸다. 그림 실력은 형편없었다. 얼굴이 다 비슷하게 생겨서 누가 누군지 구분이 가지 않았다. 그래도 우리는 정혜가 나타나면 얼른 하던 일을 멈추고 방으로 피신했다.

"너 사디스트 아냐?"

영주가 그렇게 물을 만도 했다. 정혜는 우리가 무의식중에 행하는 흉한 모습을 잘도 포착해서 그렸다. 그림 실력이 형편없어서 누가 누군지 모른다지만 그림의 주인공인 당사자까지 모를 수는 없었다. 정혜가 스케치북을 넘기며 그날 그린 그림을 보여줄 때마다 우리의 얼굴은 화끈 달아올랐다. 우리가 가장 속이고 싶어 하는 대상은, 흉한 모습을 들키고 싶어 하지 않는 대상은 남이 아니라 바로 자기 자신이었다.

"그럼 너희들이 모델을 해주면 되잖아."

정혜가 협상안을 내놓았다. 다음 날 주애는 냄새 때문에 못 살겠어, 한마디를 남기고는 미련 없이 집으로 갔다. 영주는 학교에서 살다시피 했다. 명진과 나는…… 항복했다. 우리는 집으로 가고 싶지 않았다. 명진은 아직 엄마와 서먹한 관계를 이어가는 중이었고, 나는 따뜻하고 편안한 집 대신 고단한 자유를 택했다. 집으로 간다면 가게를 접은 아버지의 관심이 온통 내게로 쏠릴 게 뻔했다. 명진과 나는 우리를 훔쳐보지 않는 조건으로 하루에 두 시간씩 상납하기로 했다. 다행인 것은 우리가 어떤 포즈를 취하더라도 정혜가 상관하지 않는다는 점이었다. 우리는 주로 편안한 자세로 앉아 책을 읽거나 이불을 덮고 가만히 누워 있는 장면을 연출했다. 그러나 아주 가끔은 고난도의 요가 동작 같은 자세를 취해주기도 했다. 특별 서비스였다.

"오늘은 너희들 모델 안 해도 돼."

아침부터 바람이 심했던 그날, 정혜가 말했다. 우리는 의아한 얼굴로 쳐다보았다.

"대작을 그릴 거거든."

"모델도 없이?"

명진이 물었다.

"모델은 따로 있어."

정혜는 자신만만했다. 또 무슨 꿍꿍이수작인가 싶었지만 우리는 고개를 끄덕였다. 그러나 낮이 다 기울도록 정혜의 방으로 들어가는 모델은 없었다.

"모델이라는 거, 혹시 벌레가 아닐까?"

그것은 명진의 의견이었다. 자취방에는 개미를 비롯해 이름도 알 수 없는 벌레들이 때때로 출몰했다. 정혜의 엉뚱한 면을 생각한다면 충분히 가능한 얘기였다. 하지만 나는 다른 것을 생각했다.

"잡지에 나오는 벌거벗은 사람들을 떼로 그릴지도 몰라."

며칠 전 정혜의 방에서 못 보던 책 하나를 발견했다. 크고 두툼한 잡지였다. 우르르 몰려들어 잡지를 넘기던 우리는 기겁하며 뒤로 물러앉았다. 속옷만 입은 남자와 여자들이 페이지 곳곳에서 활짝 웃고 있었다. 남자의 몸뿐 아니라 여자의 몸을 보는 것도 민망해서 우리는 얼른 잡지를 덮고 말았다. 그러자 정혜가 태연한 얼굴로 잡지를 집어 들더니 책꽂이에다 꽂았다.

"네 생각은 어때? 아직도 벌레 쪽이야?"

정혜의 방을 쳐다보며 내가 물었다.

"아무튼 특이해, 특이해."

명진이 고개를 절레절레 저었다.

낮에 잠깐 내 방에 모여 점심을 먹은 뒤 우리는 다시 각자의 방으로 흩어졌다. 할아버지의 방은 내내 조용했다. 깊이 잠든 모양인지 발작적으로 터지곤 하던 기침 소리조차 들리지 않았다. 모처럼 마음 편한 오후였다. 나는 방학 숙제를 하다 슬그머니 잠이 들었다. 명진이 깨워서 일어났을 때는 벌써 해가 진 뒤였다. 정혜는 아직 그림을 공개할 수 없다며 또 내 방으로 건너와서 저녁을 먹었다. 저녁을 먹은 뒤엔 설거지 부탁한다는 말만 남기고 휭하니 사라졌다.

겨울밤은 유난히 길게 느껴졌다. 해야 할 일은 이미 낮에 다 해버렸다. 방학 숙제도 할 만큼 했고 일기도 벌써 썼고 책도 지겹도록 읽었다. 겨울의 밤 시간을 저축했다가 다른 계절이나 좀더 나이가 든 뒤에 쓸 수 있다면 얼마나 좋을까. 봄이나 가을 혹은 고등학교를 졸업한 뒤에. 언젠가 찾아올 내 인생의 황금기에 사용할 수 있다면.

정화네 자취방으로 텔레비전을 보러 가자고 말한 사람은 명진이었다. 겨울밤이 긴 것은 명진도 마찬가지였다. 방학 때마다 엄마를 도와 가게 일을 하느라 바빴던 명진은 요즘 제 인생에서 가장 한가

한 나날을 보내고 있었다. 한 번도 여유 있게 놀아본 적이 없는 인생답게 명진은 남아도는 시간을 어떻게 써야 할지 몰랐다.

정화네 자취방에는 몇몇 아이들이 먼저 와 있었다. 옹기종기 모여 앉은 아이들은 놀라운 집중력을 발휘해 눈도 깜빡이지 않고 텔레비전을 보고 있었다. 물론 교육 방송은 아니었다. 정화의 부모님께는 죄송한 말이지만 아이들이 빨려들 듯 혹은 넋을 잃은 듯 보고 있는 것은 춤추고 노래하는 가수들이었다. 명진과 나는 처음엔 머뭇거렸으나 곧 브라운관이 뿜어내는 화려한 열기 속으로 첨벙, 뛰어들었다. 그 속에서 황홀한 몇 시간을 보낸 뒤 우리는 자정이 가까워서야 집으로 돌아왔다.

명진도 나도 쉬이 잠들지 못했다. 기분 좋은 피곤함이 두툼한 겨울 이불처럼 온몸을 내리눌렀으나 머릿속은 좀 전에 본 영상에서 헤어나지 못했다. 정혜가 깨어 있었다면 실컷 자랑하고 흘기분한 마음으로 잠들었으련만 깨어 있는 사람은 영주뿐이었다. 나는 이불 속에서 오른쪽 왼쪽으로 돌아눕기를 수차례 반복하다 동 틀 무렵에야 간신히 잠들었다.

대문 두드리는 소리에 제일 먼저 일어난 사람은 영주였다. 나는 영주가 방에서 나가는 소리를 듣고도 이불 속에 그대로 누워 있었다. 어둠은 걷혔으나 아직 해도 뜨지 않은 이른 아침이었다. 이렇게 아침 일찍 찾아올 사람은 없었다. 누구지? 이불 속에서 몸을 웅크리며 생각했다.

"누구세요?"

그렇게 묻는 영주의 목소리가 들렸다. 그러자 마침내 대문 두드리는 소리가 멎었다.

"여기 최영현 씨 댁 맞죠? 어서 문 열어주세요."

남자의 목소리였다. 잠시 뒤 대문 열리는 소리가 들렸다. 최영현? 나는 이불을 뒤집어쓰고 엉금엉금 기어가 방문을 살짝 열었다. 최영현은 할아버지의 이름이었다. 수도 요금 고지서도 전기 요금 고지서도 모두 최영현이라는 이름으로 날아왔다. 지금까지 고지서가 아닌, 최영현이라는 이름을 대며 찾아온 사람은 없었다. 이렇게 이른 아침에 할아버지를 찾아올 사람이 아들 외에 누가 있겠는가. 하지만 대문 안으로 들어선 사람은 내 기대와는 달리 하얀 가운을 입은 남자들이었다. 그들은 할아버지 방이 어딘지 묻더니 서둘러 그쪽으로 향했다. 들것이 함께 따라갔고 간호사가 뒤를 이었다.

명진이 방에서 나왔다. 정혜도 어리둥절한 얼굴로 마루로 나와 섰다. 무슨 일이야? 정혜가 물었지만 무슨 일인지 모르는 것은 우리도 마찬가지였다. 하얀 가운을 입은 남자들이 들것에다 할아버지를 싣고 밖으로 나왔다. 무슨 일이에요? 명진이 물었지만 그들은 다급하게 대문 밖으로 달려 나갈 뿐이었다. 그 뒤를 간호사가 따랐다. 뒤늦게 정신을 차린 우리가 대문 밖을 내다보았을 때는 이미 그들은 사라지고 없었다.

잠자다 불시에 도둑을 맞은 기분이었다. 소중한 것을 잃었다는 느낌까지는 아니었지만 뭔가가 찜찜하고 허전했다. 우리는 할아버지 방을 바라보았다. 방문을 열어 정말 할아버지가 없는 게 맞는지 확인할 엄두는 나지 않았다. 우리는 불안한 시선을 주고받았다. 혹시……? 하고 말문을 연 사람은 명진이었다. 명진은 뒷말을 잇지 못했다.

"좀 이상하긴 했어. 기침도 안 하고 밤새 너무 조용했잖아."

영주가 말했다. 영주는 차가운 마루에 앉아 두 다리를 껴안고 있었다.

"그럼…… 돌아가셨단 말이야?"

떨리는 목소리로 정혜가 물었다.

"아직은 아마 아닐 거야. 그 사람들 급하게 구급차로 갔잖아."

영주가 대답했다.

"결국 이렇게 되는구나."

명진은 한숨을 쉬며 마루에 쪼그려 앉았다.

"그런데 구급차는 누가 불렀지?"

문득 그런 의문이 들었다. 할아버지가 직접 구급차를 불렀다는 것은 생각할 수 없었다. 들것에 실린 할아버지는 의식이 없어 보였었다. 그렇다면 도대체 누구지? 옆집 할머니를 찾아가 물어봐도 모른다는 대답만 돌아왔다. 슈퍼 아주머니도 아니었다. 앞집에 사는 아저씨도 고개만 저었다. 우리는 나중에야 할아버지가 굳어가는 손가락을 간신히 움직여 아들에게 연락했다는 것을 알았다. 죽기 직전에야. 의식을 놓아버리기 직전에. 우리가 아무리 찾아도 없던 아들의 전화번호는 할아버지의 머릿속에 적혀 있었다. 1년이나 함께 산 명진이나 정혜의 이름도 기억 못하던 할아버지가 여섯 자리 전화번호는 기억하고 있었던 것이다. 몇 년 동안 한 번도 찾아오지 않은 그 아들이 뭐라고……

5

들것에 실려 떠난 할아버지는 다시는 집으로 돌아오지 못했다.
병원에 도착한 지 스물네 시간 만에 돌아가셨다고 했다. 우리는 할
아버지가 돌아가신 것도, 진작 장례가 끝났다는 것도 한참 후에야
알았다. 할아버지 소식을 전해준 사람은 옆집 할머니였다. 그때 좀
알려주지 그랬어요? 따지는 주애에게 할머니가 말했다.

"야야, 나한테 그러지 마라. 나도 오늘 알았어."

할머니는 슈퍼 아주머니에게 들었다고 했다. 슈퍼 아주머니는 할
아버지의 아들에게서 직접 들었다고 했다. 아들이 여기 왔다 갔어
요? 놀라는 우리에게 아주머니가 말했다.

"목사님 만나러 왔다던데 집에도 안 들르고 갔냐? 할아버지 짐
안 챙겨갔어?"

할아버지의 짐은 그대로 있었다. 문갑 안의 오래된 수첩들도, 옷

장 안의 몇 벌 안 되는 옷들도 누군가의 손을 탄 흔적은 없었다. 이부자리도 그대로 깔려 있었다. 할아버지의 아들이 다녀간 흔적은 어디에도 없었다.

집으로 돌아온 우리는 할아버지 방의 이불을 개고 그릇을 치우고 요강을 들어냈다. 자질구레한 쓰레기들도 치우고 벽에 걸린 옷들도 옷장 안에 넣었다. 그렇게 방을 청소하면서도 할아버지가 돌아가셨다는 게 실감 나지 않았다. 마지막 인사를 못해서 더 그런지도 몰랐다. 전화 한 통만 해줬어도 됐을 것을, 그랬다면 마지막 가시는 모습이라도 봤을 것을, 하다못해 장례식장으로 조문이라도 갔을 것을…… 이른 아침 들이닥쳐 훔치듯 할아버지를 데려가고서는 연락을 뚝 끊은 아들이 원망스러웠다.

"우리는 이제 어떻게 되는 거야?"

주애의 물음에 대답해줄 수 있는 사람은 아무도 없었다. 우리가 어떻게 될지는 우리도 알지 못했다.

우리는 할아버지가 없는 집에서 잠을 자고 밥을 먹고 보충수업 하러 학교에 가고 공부를 했다. 기침 소리가 들리지 않는다는 것만 빼면 할아버지가 있을 때와 달라진 점은 없었다. 가끔 허전하고 쓸쓸하기도 했지만 우리는 곧 우리끼리 사는 생활에 적응해갔다. 그러면서 한편으로는 뭔가를 기다리고 있었다. 할아버지의 가족 혹은 방세를 입금할 계좌 번호. 우리는 계좌 번호 쪽에 무게를 두고 있었다. 좁디좁은 한 칸 방에 자취생이 아니라면 누가 들어온단 말인가. 우리는 우리들만의 완벽한 공화국을 꿈꾸고 있었다.

할아버지의 아들이라는 사람이 나타난 것은 개학을 1주일여 앞둔 어느 날이었다. 그때 우리는 정혜 방에 모여 2차 기말고사 시험공부를 하고 있었다. 명진과 내가 뽑은 예상 문제지를 앞에 놓고 주애는 끊임없이 한숨을 쉬었다. 정혜는 얼마 전 완성한 대작을 손보고 있었다. 연필로 얼굴선 조금 고치고 한참 들여다보다가 또 눈 하나 수정하고 하는 식이었다. 완성했다고 자랑할 땐 언제고 정혜는 여전히 손에서 그림을 놓지 못했다. 할아버지와 우리 다섯 명의 사진을 조합해 그린 것이었다. 수정이 끝나면 액자에 넣어 벽에 걸어놓겠다고 했다. 하나도 안 닮았어. 우리의 솔직한 평에도 정혜는 개의치 않았다. 정혜가 아쉬워하는 것은 오로지 그 그림을 할아버지에게 보여드리지 못했다는 점뿐이었다.

"누구세요?"

밖에서 들려온 것은 영주의 목소리였다. 저녁 되려면 아직 멀었는데 벌써 학교에서 돌아온 모양이었다. 나는 방문을 열었다. 마당에 선 영주가 할아버지 방 쪽을 바라보고 있었다. 고개를 빼고 영주가 보는 것을 보았다. 검은 실루엣이 할아버지 방 앞에 앉아 있었다. 나는 밖으로 나갔다. 명진과 주애와 정혜도 따라 나왔다. 검은 양복을 입은 남자였다. 검은 양복을 입고 머리를 짧게 자른 남자가 마루에 앉아 있었다. 단정한 옷차림과 달리 얼굴은 피곤해 보였다. 남자는 고개를 들어 영주와 우리를 번갈아 바라보았다.

서로가 서로를 말없이 바라보기만 했다. 남자는 자신이 누구인지 우리에게 말하지 않았고, 우리도 우리가 누구인지 남자에게 말하지 않았다. 남자가 말하지 않아도 우리는 그가 누구인지 직감적으로 알았고, 우리가 말하지 않아도 남자 역시 우리가 누구인지 알았을 것이다. 사실 우리에게 남자가, 남자에게 우리가 누구인지는 중요하지 않았다. 중요한 것은 다른 것이었다. 바로 집의 처리 문제였다. 그리고 남자는 우리가 왜 긴장하는지를 알았다. 다른 말을 다제쳐두고, 할아버지가 어떻게 지냈는지도 묻지 않고, 우리가 궁금해하는 말부터 꺼낸 게 그 증거였다.

남자는 갈라진 목소리로 집이 팔렸다고 말했다.

"네?"

비명을 지르듯 주애가 물었다. 남자는 다시 한 번 집이 팔렸다고 말했다.

"누구한테요?"

이번에는 정혜였다. 흥분하는 주애와 달리 정혜는 침착했다. 잠시 정혜를 올려다보던 남자는 목사에게 팔았다고 말했다.

"목사님이 이 집을 왜요?"

명진의 목소리는 떨렸다. 그래 놓고는 마치 추위 때문이라는 듯 어깨를 움츠렸다.

"주인이 누구든 상관없잖아. 안 그래요? 우리 여기서 계속 살 수 있는 거죠?"

주애가 물었다. 주애는 동의를 구하듯 우리를 둘러보았다.

"설마 내쫓기야 하겠어?"

목사님에게 집이 팔렸다는 말을 듣는 순간 나는 안도했다. 목사님은 총각도 홀아비도 독거노인도 아니었다. 가족이 있었다. 게다가 우리 집보다 훨씬 좋은 집도 있었다. 말하자면 목사님이 우리 집으로 들어와 살 일은 없는 것이다. 우리를 내쫓을 이유도 없는 것이다. 우리가 다들 집 문제에 정신 팔려 있을 때 영주가 남자를 향해 쏘아붙이듯 말했다.

"아들이면서 너무한 거 아닌가요? 할아버지가 돌아가실 때까지 어쩜 그렇게 방치할 수 있어요?"

영주의 목소리는 냉랭했다. 남자가 고개를 들어 영주를 보았다. 영주도 표정 하나 변하지 않고 남자를 쏘아보았다. 우리는 조마조마한 심정으로 숨을 죽였다. 남자가 말했다.

"거지가 돼 돌아왔어도 최소한 난 버리진 않았다. 이 집을 주고 대신 어머니와 내가 떠났으니까."

그 말은 마치 할아버지는 자신을, 혹은 가족을 버렸다는 뜻처럼 들렸다. 주애가 입 모양으로 무슨 소리야? 묻는데 영주가 다시 차갑게 쏘아붙였다.

"마찬가지예요. 아저씨도 할아버지를 버렸어요."

"그래도 난 전화로 생사 확인은 했다."

"그게 더 나쁜 거 몰라요?"

우리는 안절부절못했다. 제발 영주야…… 제발 입 좀 다물어…… 우리가 아무리 눈빛을 보내고 손짓해도 영주는 꿈쩍도 하지 않았다. 눈의 독기도 풀지 않았다. 남자의 눈가가 꿈틀, 했다. 입가도 실룩거렸다. 무슨 일이 벌어질 것만 같았다. 남자가 영주를 때리기라도 한다면? 명진과 나는 불안한 눈빛을 주고받았다. 그때였다. 남자가 고개를 떨어뜨렸다. 그 자세로 긴 숨을 내쉬었다. 그제야 영주도 몸을 홱 틀더니 방으로 들어갔다. 남자가 말했다.

"삼월 초까지 비워주기로 했다. 새 교회 건물을 짓는 게 평생의 꿈이라고 하더라. 얼른 집들 알아봐라."

"네? 그게 무슨…… 목사님 꿈하고 우리 집이 무슨 상관이라고……"

명진의 목소리는 떨렸다.

"새 교회 건물을 짓는 데 이 집이 들어간다는 소리다."

"그럼…… 우리 집을 부순다구요?"

"아마 그럴 거다."

"옆집은요? 옆집도 팔았대요?"

"할머니가 반대한대. 설득 중이라고 하더라."

"그럼 할머니가 팔 때까지 여기서 계속 살아도 된다는 말이잖아요. 할머니 집을 사지 않는 이상 이 집도 필요 없는 거잖아요."

"나야 모르지. 아무튼 삼월 초까지 비워주기로 했으니 그리 알아라."

남자가 일어섰다. 나는 그때까지도 어리둥절함에서 깨어나지 못하고 있었다. 의미는 알아들었다. 옆집 할머니 집과 우리 집을 부수고 이 자리에 새 교회를 짓겠다는 말 아닌가. 의미는 알아들었지만 너무 갑작스러워서 여전히 어리둥절했다. 그래서 뭐라고 따지지도 못했다. 명진 혼자 고군분투하는 동안 나는 소리 감지 센서가 달린

로봇처럼 목소리를 따라 명진과 남자를 번갈아 바라보기만 했다. 마루에서 일어선 남자가 우리를 흘긋 보더니 그대로 대문 밖으로 나갔다.

앉아서 집을 뺏길 수는 없었다. 목사님을 찾아가고 할머니를 찾아갔다. 할머니는 당신이 살아 있는 동안엔 집을 팔지 않겠다고 약속했다. 문제는 목사님이었다. 목사님은 꿈쩍도 하지 않았다. 갈 곳이 없어요, 호소하고 새 교회를 지을 때까지만이라도 살게 해주세요, 사정해도 고개만 저을 뿐이었다. 목사님이 오히려 우리에게 호소하고 사정했다.

"너희들이 집을 비워야 할머니 마음을 돌리기가 쉬워."

그래도 우리가 포기하지 않자 나중에는 교회 신축을 방해하는 할머니와 우리를 사탄의 무리라고 매도했다. 목사님의 외동따님 은혜는 우리 편에 섰다. 만나주지 않는 우리를 대신해 은혜기 우리 의견을 전달하고 입장을 대변해주었다. 할머니의 변함없는 마음도 전했다. 또 때로는 어리광을 부리며 교회 신축을 몇 년만 미루자고 졸랐다. 하지만 목사님의 귀하디귀한 외동따님 은혜도 아버지의 꿈 앞에서는 아무런 힘을 발휘하지 못했다. 외려 우리를 만나지 못하도록 외출 금지라는 벌만 받았다. 더 이상은 방법이 없었다. 할아버지의 존재가 새삼 절실하게 다가왔다. 할아버지만 계셨어도…… 할아버지의 기침 소리, 신발 끄는 소리, 아니 할아버지의 잔소리까지도 다 그리웠다.

우리는 우울한 마음으로 개학을 맞이했다.

아직 자취는
끝나지 않았다

1

 자취생들은 종종 집주인과의 사이에 문제가 생기면 우리 공화국
으로 찾아와 사건 해결을 의뢰했다. 선생님께 말하기는 뭣하고 부
모님은 너무 멀리 있고 그러다 보니 딱히 도움 청할 데가 없는 것이
다. 의뢰가 들어오면 우리는 민첩하게 움직였다. 다각도로 사건을
조사하고 집주인의 성격과 인간성을 알아보기 위해 주변인들을 탐
문했다. 탐문 대상은 주로 슈퍼 아주머니와 옆집 할머니 그리고 해
당 집주인의 옆집 사람들이었다.
 사건 해결의 가장 중요한 열쇠는 사건 자체보다는 오히려 집주인
의 인간성에 있는 경우가 다반사였다. 집주인은 강자였고 자취생은
약자였다. 집주인은 마음만 먹으면 얼마든지 자취생을 괴롭힐 수
있었다. 집주인이 받지 않았다고 하면 자취생은 울며 겨자 먹기로
이미 낸 월세를 다시 내야 했고, 집주인이 수돗가 사용을 금지하면

물통으로 물을 날라 좁은 부엌에서 머리를 감고 설거지를 해야 했다. 비록 자그마한 증거가 있거나 혹은 집주인의 억지가 분명한 경우에도 당하는 것은 늘 자취생이었다. 집주인의 부인과 횡포 앞에서 증거나 도의 따위는 아무런 힘도 발휘하지 못했다. 그래서 우리가 가장 공을 들이는 분야도 바로 탐문 조사였다. 집주인이 어떤 사람인지를 알아야 사건에 대한 접근 방법이 나왔다.

모든 조사가 끝나면 집주인을 찾아가 그간 그들이 이웃에 끼친 피해들을 열거하고, 논리적인 사건 설명을 통해 시시비비를 가렸다. 집주인들은 대부분 처음에는 어이없다는 얼굴로 우리를 보다가 나중에는 쫓아내기 바빴다. 그러므로 우리는 아주 가끔 성공했고 대개의 경우 실패했다. 하지만 실패했다고 해서 노력이 완전히 헛되는 것은 아니었다. 예방 효과가 있었다. 우리의 방문이 있은 뒤엔 자취생을 대하는 집주인의 태도가 조금은 달라졌다. 우리가 또 찾아가 귀찮게 할까 봐 미리 몸을 사리는 것이었다. 꼭 성공하지 못하더라도 자취생들이 우리를 필요로 하는 이유였다.

우리가 뿔뿔이 흩어지기 전에, 우리 공화국이 와해되기 전에, 우리가 해결한 마지막 사건은 절도와 관련된 것이었다. 2월 초순이었고, 집을 지키기 위한 노력이 수포로 돌아간 뒤 집단 자포자기 상태에 빠져 있을 때였다. 기말고사 마지막 날 저녁, 재희라는 친구가 우리를 찾아왔다.

"너희들 소식은 들었어…… 마음도 복잡할 텐데 이런 부탁해도 되는지 모르겠네."

우리 눈치를 보며 재희가 어렵사리 꺼낸 사건의 개요는 이러했다.

몇 달 전부터 방 안의 물건이 하나씩 없어졌다. 너무 보잘것없는 것들이어서 처음에는 어디에선가 실수로 잃어버린 줄 알았다. 볼펜, 연필꽂이, 열쇠고리 따위를 누군가가 훔쳐가리라고는 생각하기 어려웠다. 하지만 그런 일은 반복됐다. 결정적으로 도둑을 의심하게 된 것은 일기장이 없어졌을 때였다. 일기장은 어딘가에서 실수로 잃어버릴 수 있는 물건이 아니었다. 일기장은 늘 공책과 연습장들 사이의 책꽂이에 아무렇게나 꽂아두었다. 일기장처럼 보이지 않기 위해서였다. 그런데 그 일기장이 사라졌다. 며칠 뒤에는 아끼던 머그잔도 없어졌다. 커피 자국이 말라붙은 채 책상 위에 놓여 있어야 할 머그잔이 감쪽같이 사라진 것이다. 누군가가 주인이 없는 틈을 타 방을 드나든다는 증거였다. 고심 끝에 자물쇠를 바꿔 달아보았다. 2, 3일은 아무런 일도 없었다. 그러나 며칠 전 방으로 들어서던 재희는 이상한 느낌을 받았다. 누군가가 방에 있다 서둘러 나간 듯한 느낌. 방 안을 살펴보았지만 없어진 물건을 알아내지는 못했다. 없어졌다는 걸 깨닫기 위해서는 그 물건이 필요한 순간이 도래해야 했다. 그럼에도 느낌이 확신으로 변한 것은 책상 서랍을 열어본 뒤였다. 깔끔하게 정돈되어 있어야 할 물건들이 조금씩 제자리를 벗어나 있던 것이다. 재희는 고민을 거듭하다 기말고사가 끝나자마자 우리를 찾았다.

"이제 어떡하지?"

재희의 얼굴에 두려움이 가득했다. 우리는 생각에 빠졌다. 명진은 팔짱을 낀 채 고개를 끄덕였고, 정혜는 천장의 한 지점을 좀 오래다 싶을 정도로 쳐다보았다. 나는 한 손으로 턱을 받치고는 생각에 빠졌다. 주애는 양미간에 힘을 주며 흠, 하고 신음 소리를 냈다.

"누구 의심 가는 사람 있어?"

먼저 질문을 던진 사람은 명진이었다. 우리는 일제히 재희를 바라보았다.

"딱히 없는데……"

그게 자기 잘못이라도 된다는 듯 풀 죽은 목소리로 재희가 대답했다. 우리는 또 일제히 흠, 하고 신음 소리를 냈다.

"집주인한테는 얘기했어?"

이번에는 내가 물었다.

"응."

"뭐래?"

"귀중품을 잃어버린 것도 아니고 뭐 그깟 걸 갖고 그러냐고……"

"지금 그게 중요한 게 아니지!"

잔뜩 흥분한 주애가 버럭 소리를 질렀다. 나는 주애의 등을 토닥여주었다. 주애의 방 안쪽에는 자물쇠가 세 개나 달려 있었다. 밤손님이 든 뒤로 방문 양쪽에다 자물쇠를 달더니 할아버지가 돌아가신 뒤 하나를 더 달았다.

"정말 이상하긴 해. 돈도 아니고 왜 그런 걸 훔쳐갔을까? 머그잔, 일기장, 볼펜이라니. 그런 걸 가져가서 뭐한다는 거야?"

명진이 말했다.

"변태라는 뜻이지."

정혜의 대답이었다. 우리는 일제히 소름 돋은 팔을 쓸어내렸다. 재희는 곧 울 것 같은 얼굴을 하고서 우리를 쳐다보았다. 명진이 정혜에게 눈치를 주었다. 나는 집주인의 가족 관계에 대해 물었다.

"아줌마, 아저씨 그리고 아들이 하나 있어."

우리는 그 아들이라는 사람에 주목했다. 범인은 언제나 피해자 가까이에 있었다. 그것도 지나치게 가까이.

"서른 살인데? 게다가 공무원이고."

"그런 게 무슨 상관이야? 세상엔 이상한 사람이 얼마나 많은데."

"눈 한번 마주친 적도 없어. 내가 지나가면 슬그머니 고개를 돌려."

"그럼 아닌가."

명진이 중얼거렸다. 잠깐 활기를 띠었던 우리는 다시 고민에 빠졌다. 그때 영주가 내 방으로 들어오며 말했다.

"지키고 있다 잡는 수밖에 없어."

우리는 다들 의아해하며 영주를 올려다보았다. 영주는 한 번도 우리의 수사 놀이에 낀 적이 없었다. 우리가 사건을 해결한답시고 우르르 몰려다닐 때마다 한심하다는 눈으로 쳐다보기만 할 뿐이었다.

"어? 네가 웬일이야?"

주애가 물었다.

"내 방까지 너희들 목소리 다 들리거든. 이 일 해결 못하면 계속 떠들 거잖아."

"미안해."

재희가 말했다.

"현장에서 잡지 않으면 소용없어. 아무도 너희들 말 안 믿어주잖아. 고등학생이 공부는 안 하고 애들처럼 몰려다닌다고 혼이나 나고."

우리는 고개를 들지 못했다. 우리가 말하지 않아도 영주는 다 알고 있었다. 정말 귀신같다니까. 주애가 속삭였다.

"그런데 언제 나타날 줄 알고?"

명진이 물었다. 우리가 걱정하는 바도 그것이었다.

"나타날 때까지 기다려야지. 수사 놀이를 하려면 그 정도 끈기는 있어야 하잖아?"

영주의 일침에 우리는 얼굴을 붉혔다. 쳇, 주애가 입을 삐죽였다. 정혜는 빙그레 웃었다. 명진은 머리를 긁적였다. 국기 게양대 사건 이후로 영주는 우리와 거의 어울리지 않았다. 꼭 필요한 말만 했고 우리가 한방에 모여 있을 때도 건너오지 않았다. 아침은 굶고 점심 저녁은 도시락을 싸가서 학교에서 먹었다. 그 내용이 무엇이든 나는 영주가 우리에게 먼저 말을 걸었다는 것만으로도 반가웠다.

"그러자. 까짓것 해보지 뭐. 기다리다 보면 언젠가는 나타나겠지."

명진이 말했다. 우리는 세 명씩 나눠 조를 짰다. 1조는 명진과 주애 그리고 재희, 2조는 나와 정혜 그리고 영주였다. 이틀 뒤가 마침 토요일이었다. 우리는 그날을 디데이로 잡았다. 마지막 도난물품인 머그잔이 없어진 지 2주일이 지났다. 도둑이 움직일 때가 됐다는 느낌이 왔다. 어쩌면 벌써부터 금단증상에 시달리고 있을지도 몰랐다. 디데이인 토요일 1, 2조가 함께 잠복할 것인지 아니면 한 조만 잠복할 것인지를 놓고 잠깐 의견이 갈렸다.

"그날이 확실하다니까. 세 명이서 어떻게 도둑을 잡아?"

벌써 도둑과 맞닥뜨리기라도 한 듯 겁먹은 얼굴로 주애가 말했다. 주애와 재희는 두 조가 함께 잠복해야 한다는 쪽이었다. 명진과 정혜는 선뜻 결정을 내리지 못하고 중립을 선언했다. 영주와 나는 한 조씩 교대로 잠복하는 게 효율적이라는 의견을 내놓았다.

"여섯 명이 함께 움직이면 그만큼 들킬 위험성도 커지는 거야."

영주가 말했다.

"그래도…… 무섭단 말이야."

결국 우리는 각 조에서 한 명씩 연락병을 선발해 상대편 조에 꽂아두기로 했다. 도둑의 움직임이 포착되면 재빨리 달려가 나머지 두 사람을 데려오는 역할이었다. 말하자면 연락병은 휴식 없이 계속 잠복해야 한다는 뜻이었다. 명진과 나는 자진해서 연락병 역할을 맡았다. 의리니 단결이니 떠들면서 제일 처음 수사 놀이를 시작한 게 바로 우리 두 사람이었다. 다른 사람들보다 책임이 무거울 수밖에 없었다.

마침내 토요일이 되었다. 오전 수업을 마치고 집으로 돌아오자마자 나는 자리에 누웠다. 좀 자둬. 영주가 말했었다. 이불을 머리끝까지 뒤집어쓰고 눈을 감았다. 방학 때는 책상 앞에 앉기만 해도 졸음이 쏟아졌었다. 졸음을 쫓기 위해 책상 위에 압정을 놔둬볼까 유리 조각을 깔아볼까 별 궁리를 다 했었는데 지금은 막상 자야 한다고 생각하니 더 잠이 오지 않았다. 두 손을 배 위에 얹고 마음을 가라앉혔다. 그런 뒤 잠…… 잠……, 주문을 외며 잠을 불러들였다.

"고작 이게 무기라고?"

주애의 목소리였다. 나는 주문 외기를 포기하고 대신 천 마리의 양을 한 마리씩 우리 밖으로 내보내기 시작했다.

"왜, 제법 쓸 만해 보이는데."

이번에는 정혜의 목소리였다. 천 마리의 양이 감쪽같이 사라졌다. 나는 머릿속으로 초원을 그렸다. 흰 구름 몇 점도 그려 넣었다. 시원한 초여름 바람에 한들한들 흔들리는 풀도 그려 넣었다. 마지막으로 초원에 누워 낮잠 자는 나를 그렸다. 아, 나무도 한 그루. 나무그늘 아래 팔베개를 하고 누운 나는 조용히 미소 짓고 있었다. 뒤집어썼던 이불을 목 아래까지 내렸다. 조금씩 긴장이 풀리면서 굳었던 얼굴 근육이 부드러워지는 게 느껴졌다.

"빨랫방망이까지 있어!"

주애가 비명을 지르듯 말했다. 그러자 영주의 대꾸.

"명진이가 선애한테 부탁했는데 야구방망이를 세 개밖에 못 구했대."

"그래도 그렇지 폼 안 나게 빨랫방망이가 뭐야?"

툴툴거리는 주애. 뒤이어 해맑은 정혜의 목소리.

"여기 냄비도 있어. 정말 재밌다."

"큰 소리를 내면서도 깨지지 않는 건 역시 알루미늄 냄비가 최고지."

영주의 설명에 이은 주애의 물음.

"호루라기도 있는데 굳이 냄비까지 쳐야 해?"

"투척용이야."

"투척……이 무슨 뜻이야?"

"던진다는 뜻. 누굴 향해 던져야 하는지는 알겠지?"

언제나 똑 부러지고 설명하기 좋아하는 영주. 그런 영주의 밥이 되는, 혹은 밥을 자청하는 주애. 말수 적은 영주가 그나마 이만큼이라도 말을 하고 사는 건 주애의 공이 컸다. 주애가 말했다.

"준비까지 다 했는데 안 나타나면 어떡하지?"

나는 자리를 박차고 일어났다. 방문을 벌컥 열었지만 아무도 쳐다보지 않았다. 잔소리를 하려다 머쓱해져서 그만두었다. 그때 명진이 돌아왔고 조금 뒤에는 재희까지 도착했다.

아홉 시가 되었을 때 영주와 정혜만 남겨두고 우리는 집을 나섰다. 재희의 말에 의하면 주인아주머니와 아저씨의 취침 시간이 아홉 시였다. 매일 밤 그 시간만 되면 마당과 마루의 불이 다 꺼졌다. 그것은 즉 아홉 시부터 우리가 잠복을 해야 한다는 뜻이었다.

우리는 재희를 따라 조용히 불 꺼진 집으로 들어간 다음 헛간에 숨었다. 재희의 방 맞은편이었다. 잠복을 시작한 지 5분도 안 돼 누군가 집 안으로 들어왔다. 우리는 바짝 긴장한 채 숨을 죽였다. 공무원 아들이야, 재희의 속삭임을 듣고서야 겨우 숨을 내쉴 수 있었다. 서른 살의 공무원이라는 남자는 재희의 방을 힐끗 쳐다보고는 자기 방으로 들어갔다. 곧 그 방에 불이 켜졌다.

시간이 흘렀다. 날씨가 많이 풀렸다고는 하지만 밤이 깊어가면서 기온이 조금씩 떨어지고 있었다. 털모자와 장갑, 목도리로 온몸을 싸매고 있어도 추위를 다 막을 수는 없었다. 꼼짝 않고 앉아 있는 것도 고역이었다. 다리가 저릴 때마다 우리는 조금씩 몸을 움직여 자세를 바꿨다. 미안해. 우리가 자세를 바꿀 때마다 재희가 속삭였다.

"나 집에 갈래."

주애가 그렇게 말한 것은 막 열한 시가 되었을 무렵이었다.

"안 돼. 교대하려면 아직 한 시간 남았어."

명진이 말했다.

"따분해. 도대체 도둑은 언제 오는 거야?"

"조금만 참아라."

"영주가 우리 골탕 먹이는 거 아닐까?"

"영주가 왜?"

"공부 못하게 떠들었잖아. 맛 좀 봐라, 이런 거지."

"철 좀 들어라."

"에이, 두번째 조 할걸 그랬어."

"여기 두번째 조도 있어."

내가 말했다. 쳇, 주애가 입을 삐죽였다.

"쉿, 조용히 해봐."

명진이 말했다. 그 말과 동시에 부스럭거리는 소리가 들리더니 공무원 아들의 방 불이 꺼졌다. 그리고 얼마 후 살며시 방문이 열리고 공무원 아들이 나왔다. 우리가 의아해하는 사이 남자는 중앙의 안방을 지나 재희 방 쪽으로 다가갔다. 문이 열리는 데는 채 10초도 걸리지 않았다. 자물쇠를 여는 게 아니라 미닫이문을 문틀에서 통째로 들어냈다. 나는 연락병 역할도 잊고 두 손으로 야구방망이를 움켜쥐었다. 명진 역시 야구방망이를 잡았다. 주애는 겁에 질린 얼굴로 냄비를 끌어안고 있었다. 나는 재희를 돌아보았다. 충격이 큰 듯 재희는 온몸을 부들부들 떨어대고 있었다. 내가 어깨에 손을 얹자 몸의 떨림이 그대로 전해졌다. 재희의 방 밖으로 희미하게 불빛이 새어나왔다. 손전등 불빛이었다.

"가서 애들 데려와."

나는 주애에게 속삭였다. 주애보다는 내가 남는 게 나을 것 같았다. 고개를 끄덕이긴 했지만 주애는 자리에서 일어나지 못했다.

"어서 가."

"무서워. 못 일어나겠어."

"그럼 네가 남을래?"

"아니."

마지못해 자리에서 일어난 주애가 막 헛간을 나설 때였다. 그때까지 주애의 품에 안겨 있던 냄비가 떨어지며 마당을 굴렀다. 그 섬뜩하고 소름 끼치는 소리라니. 나는 앞뒤 생각할 겨를도 없이 마당으로 뛰쳐나갔다. 냄비 떨어지는 소리에 놀라서 나도 모르게 한 행동이었다. 정신을 차리고 보니 명진이도 야구방망이를 들고 내 옆에 서 있었다. 누구요? 소리와 함께 안방 문이 열린 것과 재희의 방에서 남자가 뛰쳐나온 것은 거의 동시였다. 뒤이어 귀청을 찢을 듯한 호루라기 소리. 주애였다. 주애는 두 눈을 꼭 감은 채 미친 듯이 호루라기를 불고 있었다. 재희의 방에서 뛰쳐나온 남자가 당황한 듯 마루에 주저앉았다. 잠이 덜 깬 집주인 부부는 영문을 모르겠다는 표정으로 남자와 우리를 번갈아 쳐다보았다. 재희는 그때까지도 헛간에 숨어 있었다.

"그런 놈은 콧등을 콱 주저앉혔어야 하는 건데."

명진이 말하면 뒤는 내가 받았다.

"다리도 분질러야지."

명진과 나는 야구방망이 한번 휘둘러보지 못한 걸 애석해했다.

"내 덕에 도둑 잡은 줄이나 알아."

그 사건 이후로 주애의 거드름은 우리 자취 집을 넘어 지구에서 가장 먼 해왕성까지 뻗어나갔다. 정혜는 우리가 과장 섞인 무용담을 늘어놓을 때마다 나직이 중얼거렸다.

"나도 꼭 보고 싶었는데 아깝다……"

그런데 이상한 것은 분명 도둑을 잡긴 잡았으나 돌아보니 어디에도 도둑이 없다는 것이었다. 피해자만 있고 가해자는 없는 꼴이었다. 서른 살의 공무원은 감옥에 가거나 돌을 맞는 일도 없이 슬그머니 집을 나가 사무실 근처에서 하숙을 시작했다. 마치 그동안 거리가 멀어서 출퇴근하기 힘들었다는 듯.

재희의 방문은 미닫이에서 여닫이로 바뀌었다. 2월 초순의 겨울

날, 우리가 그 야단법석을 떤 대가로 재희에게 돌아온 것이라고는
방문의 교체와 도난 물품에 대한 배상금이 다였다. 그리고 그 배상
금은 떡볶이와 튀김으로 탈바꿈한 뒤 고스란히 우리 배 속으로 들
어갔다.

2

"마지막으로 너희들과 뭔가를 함께하고 싶었어. 중요한 현장을 놓쳐서 아쉬웠지만."

나는 고개를 돌려 영주를 바라보았다. 뜻밖의 말이었다. 단지 우리가 시끄럽게 떠들어서 마지못해 수사 놀이에 동참한 줄 알았다.

"왜? 놀랐어?"

"뭐…… 조금."

학생들이 모두 돌아간 학교는 쓸쓸하다 못해 무섭기까지 했다. 교실은 물론이고 독서실까지 불이 꺼져 있었다. 운동장도 마찬가지였다. 영주가 부르지 않았다면 나 역시 지금쯤은 집에 도착해 있을 시간이었다. 그런데 영주는 이렇게 깊은 밤 왜 혼자 벤치에 앉아 있었던 걸까. 나는 묻지 못했다. 불 꺼진 운동장만 보면 국기 게양대에 묶여 흔들리는 영주의 영상이 떠올랐다. 눈으로 직접 본 것도 아니면서 그랬다.

"너 기다리고 있었어."

영주가 말했다.

"나를 왜?"

"오늘은 웬일이야? 늦게까지 학교에 다 있고."

"응, 뭐…… 그냥."

공부를 한 것은 아니었다. 마음이 복잡해서 학교에 남아 있었던 것뿐이었다. 나는 아직 다른 자취방을 구할지 아니면 집으로 들어갈지 결정을 내리지 못했다. 무모하게 시작한 지난 6개월 동안의 자취는 친구들이 있었기에 가능한 일이었다. 이제 뿔뿔이 흩어진다면 나는 과연 혼자 살 수 있을까.

"비밀 지켜줘서 고마워."

밤하늘을 올려다보며 영주가 말했다.

"고맙긴. 친구 사이에 당연하지."

나도 밤하늘을 올려다보았다. 별이 총총했다. 비밀을 지키는 것은 일도 아니었다. 입만 다물고 있으면 되었다. 게다가 영주의 말이 다 사실이라고, 그리고 진심이라고 믿지도 않았다. 나는 다른 것이 궁금했다. 국기 게양대의 그 사건. 이를 테면 이유 같은 것. 그리고 다른 것이 섭섭했다. 미안하면서도 섭섭했다. 꼭 자살을 시도해야만 했었나 하는 것. 친구가 옆에 넷이나 있는데도 꼭 그렇게 해야만 했었나…… 내가 말했다.

"뭐 하나만 물어봐도 돼?"

"응."

"그날…… 왜 그랬어?"

"왜 죽으려 했냐고? 놀라지 마. 네가 그렇게 생각한다는 거 진작부터 알고 있었어. 네 눈빛이 다 말해줬으니까. 넌 거짓말을 못하잖아."

"아…… 그랬구나."

"그런데 아냐. 내가 아냐. 그 남자였어. 선애 남자 친구. 나한테 복수할 기회만 찾고 있었나 봐. 죽일 생각까지는 없었는지 살고 싶으면 스스로 풀어보라고 말하고는 일부러 느슨하게 매듭을 짓고는 가버렸어. 선생님이 발견 못 했어도 결국은 내가 풀었을 거야. 시간은 좀더 걸렸겠지만. 선생님 보니까 긴장이 풀리면서 정신을 잃었던 거야."

"정말이야? 그런 나쁜 새끼가! 그런데 왜 사실대로 얘기 안 했어? 내가 얼마나 걱정했는데!"

"벌받은 거라고 생각했어. 내 나쁜 마음에 대한 벌."

"내일 당장 선생님한테 얘기하자. 그런 놈은……"

"됐어. 차라리 홀가분해. 이제야 정혜와 주애를 보는 게 조금 편해졌어."

"끝까지 잘난 척은."

"사실 내가 좀 잘나긴 했잖아."

"쳇. 말이나 못하면."

"고마워. 너희들이 있어서 얼마나 다행인지 몰라. 나한테 친구

는…… 사실 너희들이 처음이야. 내가 그렇게 쌀쌀맞게 굴었는데
도 날 친구로 대해준 사람은 너희들뿐이야. 그동안 난 친구 같은 건
필요 없다고, 거추장스러울 뿐이라고 생각했는데…… 그게 아니더
라. 병원에서 깨어났을 때 제일 먼저 너희들이 떠올랐어. 그리고 보
고 싶었어."

영주가 내 손을 살짝 잡았다가 놓았다. 고맙다고 한 것뿐인데 뜻
하지 않게 사랑 고백을 받은 것처럼 얼굴이 화끈거렸다. 나는 애써
아무렇지 않은 척 덤덤한 목소리로 말했다.

"올겨울에는 네 손 좀 빌리자. 얼마나 뜨거운지 장갑 대용으로
써도 되겠다."

"진지한 분위기 못 참는 거, 그것도 병이야."

언젠가 내가 한 충고를 영주는 단어 하나만 바꾼 뒤 고스란히 되
돌려주었다. 나는 말없이 웃고 말았다. 우리는 벤치에서 일어났다.
혼자 걸었으면 무서웠을 길이 영주가 옆에 있으니 하나도 무섭지
않았다. 마을 입구로 들어서는데 저만치 앞에서 명진과 주애, 정혜
가 걸어오고 있었다. 제일 먼저 우리를 발견한 주애가 토라져서는
소리를 질렀다.

"또 무슨 일 생긴 줄 알고 놀랐잖아! 좀 일찍 일찍 다닐 수 없어?
이제 현진이 너까지 말썽이야?"

"미안, 미안."

나는 얼른 뛰어가 사과했다. 명진이 내 어깨를 퍽, 소리가 나도록
쳤다. 나도, 말하며 정혜도 내 어깨를 쳤다. 나는 영주 때려야지,

주애가 말하며 뒤따라오던 영주의 어깨를 쳤다.

"뭐야? 너희들 폭력배야?"

내 말에 화답하듯 어느 집에서 개가 짖기 시작했다.

봄방학이 시작되자마자 우리는 방을 구하러 다녔다. 방 다섯 개를 세놓는 집은 어디에도 없었다. 두 개나 세 개를 세놓는 집들은 있었지만 그것은 이미 주인이 정해진 뒤였다. 남은 것은 집주인의 관심을 독차지할 수밖에 없는 방 하나짜리 집들뿐이었다.

"조금만 기다려봐. 다시 자취생 들이자고 조르는 중이야."

목사님의 외동따님 은혜가 말했었다. 또 은혜는 중요한 정보 하나도 알려주었다.

"너희들 집 빚내서 산 거야. 옆집 할머니가 동의를 안 해서 건축 헌금을 못 걸고 있대. 엄마랑 아빠 얘기하는 거 들었어. 이자 때문에 우리 엄마 요즘 신경 장난 아니게 예민해. 아빠한테 막 바가지 긁고. 할머니가 몇 달만 집 안 팔고 버티면 아빠도 어쩔 수 없이 자취생 들일 거야. 그러니 몇 달만 참아."

까짓 몇 달쯤이야 못 참을 것도 없었다. 혼자 살 자신이 없었던 나는 은혜의 말을 듣는 순간 마음을 바꿨다. 까짓 몇 달쯤 혼자 살면 어떤가. 게다가 걸어서 몇 분이면 명진이네 집에도, 주애와 영주네 집에도, 그리고 정혜네 집에도 다 갈 수 있었다.

명진은 할머니 혼자 사는 집에 방을 얻었다. 오가는 통로만 빼고는 화분이 마당을 뒤덮고 있는 집이었다. 화분을 놓기 힘든 담벼락

밑으로는 계절 따라 온갖 꽃들이 피었다. 할머니의 하루 일과는 아침에 화분들을 마당으로 내놨다가 저녁이면 다시 마루로 들이기, 그리고 청소였다. 할머니네 집 마룻바닥은 딛고 올라서기 미안할 정도로 윤이 났다. 게다가 꽃을 좋아하는 꼭 그만큼 사람을 경계했다. 할머니가 명진에게 던진 첫 질문도 친구가 많으냐는 것이었다.

"아뇨. 한 명도 없는데요."

천연덕스러운 얼굴로 명진이 대답했다. 할머니는 명진 뒤에 선 우리를 미심쩍은 눈으로 보다가 한참만에야 방을 보여주었다.

"너 어떡하려고 그래? 설마 놀러 오지 말라는 뜻은 아니지?"

할머니 집을 나서며 내가 물었다. 그러자 자신만만한 얼굴로 명진이 대답했다.

"걱정 마. 내가 할머니들 다루는 데는 도사야. 며칠 안에 내 방을 아지트로 만들 자신 있어."

정혜는 초등학생 남자애가 둘이나 있는 집을 택했다. 치맛자락에 남자애 둘을 매단 주인아주머니가 말했다.

"좀 시끄러울 수도 있는데 그래도 괜찮겠어, 학생?"

정혜는 상관없다고 했다. 남자애 둘이 정혜를 빤히 올려다보았다. 그러더니 저희들끼리 뭐라고 속삭이며 키득거렸다.

"애들 몇 살이에요?"

정혜가 물었다.

"열 살. 쌍둥이야. 얘가 형이고 얘가 동생."

쌍둥이로 태어나면 기분이 어떨까…… 정혜가 중얼거렸다. 주인아주머니가 뜨악한 표정으로 정혜를 보았다. 우리가 집을 나설 무렵엔 벌써 쑥스러움을 벗어던진 남자애들이 우리를 툭툭 치며 주위를 뛰어다녔다.

"이제 담배는 다 피웠다."

고소하다는 웃음을 물며 주애가 말했다.

"괜찮아. 너희들 집에 가서 피우면 돼."

가을 겨울 내내 기말고사 때문에 애를 끓였던 주애는 결국 부모님과의 약속을 지켰다. 평균을 25점이나 올린 것이다. 주애 스스로 뭔가를 이뤄내는 걸 처음 본 주애의 아버지는 딸을 끌어안고 눈물을 흘렸다. 설마 눈물까지야! 믿지 못하는 우리에게 주애가 말했다.

"아냐. 진짜야. 정말 울었다니까."

"어쨌거나 약속은 지켜라. 맛있는 것도 사주고 영화도 보여주고 해달라는 거 다 해준다고 했지?"

자취를 계속해도 된다는 허락을 받아낸 날부터 주애는 영주를 쫓아다니며 조르기 시작했다.

"혼자는 무서워. 제발 같이 살자. 방값도 내가 다 낼게. 제발……"

"싫어. 내가 왜?"

"빨래도 내가 다 하고 밥도 내가 하고 청소도 내가 할게. 그 시간에 넌 공부하면 되잖아. 응? 너도 좋잖아. 응? 제발…… 사랑하는 영주야."

내내 흔들림 없던 영주였지만 '사랑하는' 대목에서 결국 무너지고 말았다. 그리하여 견원지간 못지않게 아옹다옹하던 주애와 영주

218

는 한방에서 같이 살기로 했다. 주애가 동거인으로 왜 영주를 선택했는지는 우리만 아는 비밀이었다. 영주가 없을 때 주애가 말했다.

"전교 1등하고 같이 사는 조건으로 허락받은 거거든."

나는 할아버지 할머니 두 분이 사시는 집에 방을 얻었다. 다른 집보다도, 지금 사는 할아버지 집보다는 훨씬 더 방값이 비쌌지만 아버지가 그 집을 고집했다. 우선 방이 깨끗하고 집주인의 인품이 좋다는 이유에서였다.

"주인을 잘 만나야 네가 편해."

아버지가 말했다.

"하지만 엄마가 허락할까?"

결국은 엄마의 허락이 떨어져야만 하는 일이었다. 엄마에게 생활비와 용돈을 타 쓰는 건 아버지도 마찬가지였다.

"네 엄마는 걱정 마. 내가 설득할게."

괜찮다고 해도 부득부득 집을 보러 온 그날, 기름보일러는 잘 작동되는지, 수돗물은 잘 나오는지 꼼꼼하게 살피는 아버지 뒤에서 나는 멍청하게 서 있기만 했을 뿐이었다. 아버지는 또 집주인의 동의를 얻어 시내의 철물점에서 사온 방범창을 직접 설치하고 부엌문과 방문에는 자물쇠를 달았다.

"현진이 너는 좋겠다. 나도 저런 아빠 있었으면……"

주애가 그렇게 말했을 때는 나도 모르게 조금 우쭐해졌다. 드릴과 망치를 든 아버지가 그때만큼 든든해 보인 적이 없었다. 철물점은 망했어도 아버지의 실력은 그대로 남아 있었다. 부러운 표정을 감추지 못하는 주애에게 내가 말했다.

"그래도 너한텐 부자 아빠가 있잖아."

그러자 주애가 시무룩해져서는 대꾸했다.

"난 부자 아빠보다 자상한 아빠가 더 좋아."

듣고 보니 뭐 주애의 말도 일리가 있었다. 나는 주애의 어깨에 팔 하나를 올리고는 말했다.

"걱정 마. 너희들 방도 다 설치해달라고 할게."

"정말?"

마침내 주애가 방긋 웃었다.

3

2월의 마지막 날, 왜가리가 돌아왔다. 왜가리들은 그 특유의 울음소리로써 자신들의 존재를 알렸다. 우리는 한동안 마당에 선 채 뒷산 소나무 숲으로 향하는 왜가리들의 군무를 바라보았다.

"그만 가자."

집단 최면에라도 걸린 듯 넋을 놓고 있는 우리에게 명진이 말했다. 우리는 대문을 나섰다.

"저놈들이 올해는 왜 벌써 왔다냐……"

옆집 할머니가 중얼거렸다. 할머니는 우물 옆에 서 있었다.

"이제 가나?"

할머니가 물었다. 죽은 사람의 옷은 태워야 한다고 말해준 사람이 할머니였다. 할아버지의 아들은 버리라고 했다. 결국 우리는 할머니의 말을 따르기로 했다. 작은아버지가 돌아가셨을 때 아버지도 작은아버지의 옷을 태웠었다.

"그래. 너희들이 수고 좀 해라."

할머니가 말했다. 우리는 골목을 벗어났다. 냇가를 건널 때 문득 정혜가 말했다.

"할아버지 배웅하러 왔나 봐."

"할머니?"

내가 물었다.

"아니. 왜가리."

우리는 후문을 통해 학교로 들어갔다. 봄방학 중인 학교는 정적에 감싸여 있었다. 모처럼 바람 없고 햇살 따뜻한 날이었다. 소각장에는 영주가 먼저 와 있었다. 우리를 발견한 영주가 자리에서 일어났다. 우리는 소각장 앞에 할아버지의 옷이 든 종이 가방을 내려놓았다. 종이 가방은 모두 일곱 개였다. 겨울옷은 부피가 커서 하나만 넣어도 종이 가방이 꽉 찼다. 정혜가 라이터를 꺼내고 명진이 그걸 받아 옷에 불을 붙였다. 생각보다 불이 잘 일지 않았다. 반짝 타오르다 시름시름 앓으며 죽기 일쑤였다.

"여기 나뭇가지."

어디선가 나뭇가지를 구해온 영주가 우리에게 하나씩 나눠주었다. 명진이 다시 불을 붙였다. 우리는 나뭇가지로 옷들을 헤집어 불이 들어갈 길을 만들어주었다. 그제야 불이 살아 일어났다.

"할아버지, 안녕히 가세요."

주애가 말했다.

"아마 그럴 거야. 그래도 마지막에 아들이 모셔갔잖아."

그렇게 대꾸한 사람은 정혜였다.

"너희들, 짐은 다 쌌어?"

나뭇가지로 깡통을 골라내며 영주가 물었다.

"아니, 아직."

주애가 대답했다. 내일이면 우리도 할아버지 집을 떠나야 했다. 하지만 우리는 누구도 슬퍼하거나 우울해하지 않았다. 목사님이 돈 때문에 힘들어한다는 증거가 곳곳에서 속속 드러났다. 교회파 아이들은 중고등부 예배 때마다 나오던 간식이 사라졌다며 투덜거렸다. 은혜는 용돈이 삭감됐고, 슈퍼 아주머니는 쌀과 생필품을 교회에서 외상으로 가져갔다고 알려주었다. 그런 일련의 사실들은 우리 공화국으로 재입성할 날이 머지않았다는 것을 말해주고 있었다.

"오늘 저녁에 우리 송별회 하자."

내가 제안했다.

"재밌겠다."

주애가 손뼉을 치며 말했다. 그러자 정혜의 대꾸.

"초는 내가 준비할게."

"그럼 상은 내가 펴지 뭐."

영주는 농담마저도 진지하게 했다.

"그 전에 우리 파이팅 한번 할까?"

명진이 말했다.

"어떻게?"

주애가 물었다.

"나만 따라 해봐."

까맣게 그을린 나뭇가지를 치켜들며 명진이 선창했다.

"우리들의 자취 공화국을 위하여!"

작가의 말

　소설은 혼자 쓰는 것이 아니었다. 살아오는 동안 나를 스쳐 지나
간 수많은 사람들, 뭔가를 함께 고민하거나 헤쳐 나온 사람들, 어느
한 시절을 같이한 사람들과 더불어 쓰는 것이었다.『우리들의 자취
공화국』은 고등학교 시절의 친구들이 있었기에 지금의 모습으로 태
어날 수 있었다. 사람의 이름을 잘 외우지 못하는 내가, 고등학교를
졸업한 지 20년이 지났건만, 졸업 후 단 한 번도 만난 적이 없건만,
그 시절 친구들의 이름은 기억하고 있다. 그리고 그 친구들은 조금
다른 캐릭터로 이 소설 속에서 되살아났다.

　자취를 시작하기 전 어느 저녁, 집에 가기 싫어하는 나를 위해 좁
은 방 한 켠을 흔쾌히 내주고 맛있는 커피까지 대접해준 정화. 할아
버지네 자취 집을 알게 된 건 순전히 정화 덕분이었다.

어느 가을밤, 방문을 비틀고 들어오는 도둑을 향해 누구야! 소리
쳐서 쫓아버린 은주. 그때 은주와 한방을 쓰던 아이는 일찌감치 도
둑의 움직임을 감지하고도 두려움에 떨고만 있었다. 우리가 할아버
지네 자취 집에서 안심하고 살 수 있었던 건 용감무쌍한 은주의 공
이 컸다.

복지관의 아이들을 한 명 한 명 소개해주던 소향. 소설 속에서와
는 달리 소향은 그날 「로망스」를 끝까지 다 들려주었다. 독학으로
기타를 배웠다는 소향의 말만 믿고, 그럼 나도 한번! 도전했다가
손가락에 물집이 생겼다. 그거 여러 번 생겼다가 터져야 해, 아무렇
지도 않게 말하는 소향이 어찌나 대단해 보이던지.

추운 겨울밤, 두꺼운 이불을 목까지 끌어당겨 덮고 2년 후 혹은
10년 후에 대해서 얘기를 나누곤 했던 수연. 그때 우리 얼굴이 발
그레했던 건 추위 때문이 아니라 설렘과 기대 때문이었을 것이다.

그리고 현영, 미숙, 향이, 희숙……

모두에게 고맙다고 말하고 싶다.

2012년 봄
구경미